マリアベル
まりあべる
エンヴィー

アルノード
セリア
ライライ
エルル

The court wizard was banished.

CONTENTS

3

プロローグ

『介錯《かいしゃく》は不要。このウルスムス、死ぬのに人の手は借りん』

パチリと指を鳴らすのは、烈火の炎がそのまま人型を取ったような男だった。

『七師』の一人である、『強欲』のウルスムス。

俺が一人で戦っても絶対に勝てなかったであろう強敵だ。

魔法の威力でも練度でも勝てず、相手の魔闘気を削りきってから『辺境サンゴ』のメンバーの力を借りてなんとか勝つことができた。

俺はあいつのことは嫌いだったはずだ。

選民思想の強いウルスムスと殺し合い同然の喧嘩《けんか》をしたことは一度や二度ではなかったし、実際殺されかけたこともある。

けど人格的に問題があるのは事実でも、あいつは確かに俺と同じ宮廷魔導師だった。

ウルスムスが、己の炎に焼かれながら消えていく。

俺もあいつのように、いつかどこかで敗北し、戦場の露と消えるのだろうか。

炎が全てを燃やし尽くす。

すると後に残ったのは、ウルスムスの——

「――っ!?………夢か」

脳裏に浮かんだ人骨の生々しさに、思わず飛び起きる。

荒い息を吐きながら周囲を見回し、ここが戦場でないということを身体《からだ》が理解し、それに頭が追いついてきて、自分が見ていたものが夢であったとようやく理解が及ぶ。

「はぁ……これで何度目だよ……」

ウルスムスと戦ってから、既に半月以上の時間が経過している。

けれど俺は未《いま》だに、あいつの最期を夢に見ている。

あの光景は俺の心に、それだけ強い衝撃を与えたのだ。

もし俺がデザントに残って戦い続けていれば、いつか俺もああなっていたのかも……。

「っといかんいかん、どうにも考え方が後ろ向きだな」

あれからどうにも気持ちが下がりがちだ。

とりあえず立ち上がりパンを食べて腹を膨らませる。

すると現金なもので、下がっていた気持ちはすぐに上向いた。

「けどそんな鬱屈とした毎日とはおさらばだ。なにせ今日中にはガードナーにつくはずだからな」

ここから先は――何をしてもいい、自由な時間が待っているのだ!

現在俺が居る場所は王都……ではなく、王都からガードナーへ続く街道の途中に立てたテントの中だった。

俺、元デザント王国貴族にして現オリハルコン級冒険者クラン『辺境サンゴ』のリーダーであるアルノードは、クランメンバーを引き連れて一路ガードナーへと向かっていた。

リンブル王国の各地に散っていたメンバーが勢揃《せいぞろ》いして夜営をしていると、なんだか懐かしい気分にすらなってくる。

東部天領のバルクスで魔物との戦いに明け暮れてた頃は夜営なんぞなんでもなかったはずなのに、テント暮らしを数日続けただけでどうにも身体が硬い。

「それに自由なのは俺だけじゃない。これからしばらくの間は、『辺境サンゴ』のみんなもしっかり休ませてやれる」

俺たち『辺境サンゴ』は、アルスノヴァ侯爵率いる王党派へ力を貸すようになってから毎日大忙しだった。

トイトブルク大森林からの防衛のために人員を派遣したり、リンブル王国の魔法技術がデザントのそれに並ぶように急ぎ魔法理論を各地へ教えて回ったり、それに防衛のための魔道具の政策や整備などなど……戦闘班だけじゃなく魔道具班や生産班までフル稼働だったのだ。

けれどここ最近働きづめだったところにウルスムスの一件があったおかげでどうにも体調の優れない俺を見かねて、ソルド殿下が気を回してくれた。

『辺境サンゴ』のクランメンバーごとまるっと、国内事情が一息つくまで休暇を取ってもいいことになったのである。

殿下が保養地として用意してくれたのは、以前クランハウスを建てようとしていたガードナーの地だ。

なんでも屋敷や使用人まで候補を用意してくれているらしく、至れり尽くせりである。

せっかくなのでこの機会にしっかりと羽を休めて、来るべき激務に備えることに……いや、違うな。

とりあえずガードナーについたら、久しぶりに何も考えずにゆっくりしよう。

今まで頑張ってきたご褒美として、それくらいなら許されるはず……だよな？

第一章 ✦ ガードナーへ

「うーん、なんだかずいぶんと久しぶりな気がするな……」

未《いま》だ視線の先には踏みしめられた道しかないが、そろそろ城壁が見えてくる頃だろう。

以前とは来ている方向も違えば、一緒に行動している仲間の数も違う。

心境も違うし、精神的な余裕も違う。

まだ一年は経《た》っていないはずだが……激動だったな。

あれよあれよという間にこんなことになってしまっていた、歴史という大きなうねりの中で、流されるままに動いていたと言ってもいいかもしれない。

俺もみんなも、更に言えばこの国も。

だれもかれもが、がらりと変わった。

ふわぁとあくびをすると、隣に居るエルルがハンカチを取り出す。

そして口許《くちもと》をそっと優しく拭いてくれた。

どうやらよだれがついていたようだ。

「ありがとう」

「いえいえ！　ねえ、隊長」

「なんだ？」

「ガードナーで別荘暮らしですよ！　念願のスローライフです！」

「念願の、かぁ……たしかにそう言われればそうだな」

スローライフ生活かぁ。

まさか俺の人生の中で、ゆっくりのんびりと過ごすなんていうフェイズがやってくるとは思ってもみなかった。

けどたしかにせっかくもらった休暇なんだから、しっかりと休まなくちゃもったいないよな。

そもそもの話をすると、俺はなんのためにあんなに頑張っていたのか。

わりとぼーっとする時間ができるようになったおかげで、改めて考えるだけの余裕ができた。

最初はみんなの――『辺境サンゴ』の居場所を作るためだった。

デザントでは二等臣民であり、デザント出身の兵より安い給料で、長期間、しかも前線で働かされ続けてきた彼女たちが、新天地で上手《うま》くやることができるように。

俺は元『七師』の肩書きなりなんなりを使い、彼女たちがまたいいように利用されることがないよう、サポートをする予定だった。

だが今こうして過去を振り返ってみると……まだエルルたちと合流する前の冒険者生活をしていたところまでは、完全に想定通りにいっていた気がするんだが。

気付けばサクラと出会い、オウカを助け、アルスノヴァ侯爵と面識を持ち、王党派としてリンブルの派閥争いの中に組み込まれ……ここまで来てしまった。

流されるままだった部分も大きいとはいえ、新天地でやったにしては上手くいっている方……だとは思う。

食うに困っているようなやつも、仕事にあぶれてどこかで傭兵《ようへい》を始めたようなやつもいない。今のところ第三十五辺境大隊のメンバーは誰一人欠けることなく『辺境サンゴ』に所属している。

まったく嘆かわしいことにギャンブルで身を持ち崩しかけたやつは数人居たが、別に金には困ってないから俺が代わりに返して、新たな貸主になれば問題は解決したし。

こってりしぼって給料からその分を天引きすれば、みんな二度とバカなことはしなくなったから、これも特に問題はない。

元が属州民だったせいか、どうにも金や仕事に無頓着な人間が多いが、これもまた彼らの個性ではあるのだし。

それにここ最近はリンブルの人間との交流が増えてきたことで、色々と考えるようにもなってきているようだ。

おかげで仕事とはまったく関係のない相談なんかも上がるようになってきている。

これも間違いなくいい傾向だと思うし、今のところは上手くいっているのだ。

『辺境サンゴ』のみんなが頑張ってくれたおかげでリンブルの治安や状況も大分良くなってきてくれているし。

冷静に考えれば、たしかに現段階で俺がそこまで頑張る理由はないんだよな。

……うん、俺ってば上手くやっているような気がする。

あんまり世渡りが上手くない俺にしては、よくやった方じゃないだろうか。

たまには自分を褒めてあげてもいいのかもしれない。

だとしたらこの降って湧いたような休暇も……ありがたく使わせてもらわないと、だな。


「『辺境サンゴ』だ！　良く来てくれたな、アルノードさん！」

「マリアベル様ぁっ！　こっち向いてくださーい！」

「ライライ、また一緒に飲み比べしようぜ！」

ガードナーで俺たちを待っていたのは、領民総出での歓迎だった。

なんでも領主（ここはアルスノヴァ侯爵領なので、若干自作自演の感はあるが）の粋な計らいで、今をときめく『辺境サンゴ』を迎え入れるために奮発して歓迎会を開いてくれるらしい。

タダ酒タダ飯が食えるとあって、領民たちの態度はそれはもう温かい。

現金だが、まあそんなもんだよなぁとありがたく歓待を受けることにする。

「というか最後のやつに関しては……ライライ、知り合いか？」

後ろを向くと、今は素面《しらふ》のライライがポリポリと頭を掻《か》いた。

「あんまり覚えてないですねぇ。多分一、二回杯を交わした間柄だと思うんですが」

「ライライ、変な男に引っかからないようにしなくちゃダメよ？」

「……酒の勢いは、怖い」

「いやぁ、来る酒拒まずが我が家の家訓なもので……まぁでも、安心してもらって大丈夫。酒を飲んでる私を襲えると思う？」

とんでもない家訓もあったもんだ、もしかしてライライの家系は全員彼女クラスのうわばみなんだろうか。

胸を張るライライの方を見ると、いつもより白い彼女の頬に目がいった。

オフだからバシバシ浴びるほど酒を飲むものだとばかり思っていたが、ライライは今のところ一滴も酒を飲んでいない。

実は彼女の飲む飲まないの基準は、俺にもよくわからなかったりする。

というか……素面の彼女を見るのはずいぶんと久しぶりな気がする。

酔っ払った時特有の口調が、少し恋しいと思っている自分がいる。

普通の話し方をされると、なんだかちょっと違和感を感じてしまうくらいに。

まぁそれって裏を返せば、彼女がそれだけ酒を飲まなければいけないような状況にあったということでもある。

とりあえず彼女の肝臓のためにも、しっかりと休んでもらうことにしよう。

馬車を降りて代官に指定された屋敷へ向かうと、すぐにパーティーが始まった。

お貴族様相手の堅苦しいものは苦手だという話が通っていたからか、呼び出された俺たちを待っていたのは立食式の非常にゆるい空気の晩餐会《ばんさんかい》だったので、たいへんありがたい。

ガードナー周辺の貴族の何人かの名代やお貴族様本人なんかもやってきてはいたが、特に形式張ったようなやりとりもなく。

俺がソルド殿下のお気に入りだということを知っているからか、今後ともよろしくお願いしますという社交辞令じみた挨拶だけすると、そこまでしつこく関わってくる輩《やから》はいなかった。

ただ俺は思っていたよりずいぶんと体力を削られてしまうことになる。

というのも……。

「アルノード様！　隣に居るのはエンヴィー様にエルル様ですね！」

「お会いできて光栄です！　私はティーリエ子爵家の次女の……」

目を輝かせながら話をせがんでくる貴族家の子弟たちに、ひっきりなしに声をかけられてしまったのだ。

下手に言質を取られぬよう、神経を使いながら貴族を相手にやり取りをするより幾分かマシではあるんだが……これはこれでキツいものがある。

口を開けば待ってましたとばかりに聞き耳を立てる子供たちに話をするのは、これはこれで体力を使うのだ。

「それでまずはうちの魔法使いたちによる一斉射撃を――」

俺は何度目になるかわからない、ドナシアでのドラゴン討伐の話をなるべく『辺境サンゴ』の具体的な魔法や戦術に触れない範囲で話していく。

ドラゴンスレイの話はやはり少年心をくすぐるらしく、眼《め》の光度が一段上がった気がする。

……いや、よく見ると女の子も熱心に聞いてるな。

ドラゴンなんかの目に見えて巨大で強い魔物というのは、子供心をくすぐってやまない。

俺もちっちゃい頃はヒロイックサーガなんかを読んだりしていたので、その気持ちはわかる。

何度も同じことを話しているうちに、少し余裕も出てきた。

こういった話の作法というやつに合わせて、敢《あ》えてピンチの場面なんかを差し込んでみて反応を伺う。

「ふおぉぉぉっ！」

「それでそれで、どうなったのですか!?」

話に緩急が生まれたことによって、更に子供たちのボルテージが上がっていく。

中には好奇心が刺激されすぎたせいで、その場でぴょんぴょんと跳ね回っている者さえいるほどだった。

「――という形で、無事ドラゴンを倒し、ドナシアの街に平和を取り戻すことができたのです」

語り終えると、まず最初は静寂が。

ついでまばらな拍手が起こり、どんどんとその音が大きくなっていく。

万感の思いを浮かべている子供たちの瞳に映る憧れの色が強くなるのを見て、苦笑する。

オリハルコン級の冒険者としてやっていくんだから、こういう視線にも慣れなくちゃいけないよな。

俺の方から話してばかりでもあれなので、次は彼らからも話を聞いてみることにする。

最初のうちは自分の家のことなんかを話してくれていたんだが、気付けばなぜか話題はまた俺たちの方に戻り、最近巷《ちまた》で噂《うわさ》になっている俺たちの話の真偽について聞かれることになってしまう。

今の俺たちがどんな風に見られているのか……市井での誇張された話を聞くと、こちらが気恥ずかしくなってくるようなものばかりだった。

「デザントで頑張って己の職務に勤《いそ》しんでいたにもかかわらず、その功績を妬んだ貴族によって国外追放を言い渡されてしまった不遇の魔導師であるアルノード様」

「失意に暮れていた彼はある日攫《さら》われてしまったオウカ様と出会い……そして彼女を守る決意を固め、颯爽《さっそう》と救出！」

「己の力を今度こそ誰かを守るために使おうと、部下たちと共に新たに『辺境サンゴ』を立ち上げ、アルスノヴァ侯爵の下で八面六臂《はちめんろっぴ》の大活躍をされるのですわ！」

「お、おぉ、そうだったのですか……」

話を熱心に聞いていたのは男の子たちの方だったが、熱心に話してくれるのは女の子の方だった。

彼女たちから聞いた話では、どうやらそんな感じで俺たちの活動はものすごい美化されながら伝わっているらしい。

どうやら領都グラウツェンベルクでは、俺とオウカ様を題材にした歌劇まで作られたようだ。

領民の視線が美男美女であるクランメンバーではなく、俺の方に集まっていたから少し不思議だったんだが……俺の知らないうちに、気付けばどんどんすごい話になってしまっていた。

なんだか怖くなってくる……あと数年もしたら、もっと尾ひれ背ひれがついたりするんじゃないだろうか。

とにかく俺は、リンブルの未来のために戦う憂国の士ということになっているらしい。

この話を聞いて、少し疑問に思ったことがある。

アルスノヴァ侯爵は、何故《なぜ》自分の愛娘《まなむすめ》であり嫡子でもあるオウカが誘拐されたことを、わざわざ噂話にして流しているのだろう。

次期当主が誘拐されるというのは明らかな醜聞だが、そんなことを広める必要があるのだろうか……？

俺との出会いを強調したいにしても、少しやりすぎな気もする。

もしかして人の口には戸が立てられないと、勝手に広まってしまったのか？

その方向を上手く調整するために歌劇に仕立て上げたって流れなんだろうか。

俺たちに関わりのあることであるし、今度時間の余裕がある時に関係者と思《おぼ》しき人たちに聞いてみることにしよう。

こうして、今までの俺の功績をいくらでも聞きたがる貴族のご子息たちにデザントの出奔以前のトイトブルク大森林のことなんかも話すことで、なんとか捌《さば》ききることができた。

そしてパーティーが終わる頃には、既にかなりクタクタになっていた。

うーん……フォーマルでもアンフォーマルでも疲れるとなると、パーティーで疲れるというのはある種仕方のないことなのかもしれない。

とりあえず使用人からワインを受け取り、一息に呷《あお》る。

これはこれで疲れるな……と思いながら、保温されていた食べ物を食べて腹を満たす。

一生分子供たちの相手をしたおかげで、今日はぐっすりと眠れそうだ……。


さて、一夜明けて。

寝ぼけ眼を擦《こす》りながらベッドから起き上がると、もぞもぞと生き物の動く気配がする。

いったいなんだとぼーっとしながら目線を下げると……そこには柄もののパジャマを着た、マリアベルの姿があった。

「……はあっ⁉」

どどどうしてこいつが俺の部屋に居るんだ！

たしかにメンバー分けの結果同じ屋根の下で暮らすことにはなったが、部屋はちゃんと別々に分けてもらったはずだぞ!?

「……あ、隊長。おはよ」

「いや、おはようじゃなくてだな……」

ごしごしと目を擦りながらもマイペースを崩さないマリアベルを見ながら、でかでかとため息を吐《つ》く。

こてんと首を傾《かし》げているマリアベルは、今日も平常運転なようだ。

「どうして……隊長が私の部屋に？」

「違う！」

「もしかして……夜這《よば》い？」

「それも違う！　どちらかと言うと夜這いしてるのはお前の方だぞ！」

今日もうちのクランメンバーは絶好調だった。

マリアベルはなぜかパジャマをわざとらしく着崩してしなを作ってから、

「うっふーん」

とものすごい棒読みで言ってくる。

相変わらずこいつは、何を考えているかいまいち摑《つか》めないな……。

「あ、おはよーございます隊長」

「ちょ、マリアベル、何勝手に隊長の部屋に……」

「あはは、隊長、お酒持ってきたから一緒に飲もうヨ。みんなが労働している中飲むお酒は最高ネ！」

「……いや、ここ俺の部屋なんだが」

何故かマリアベルだけじゃなく、他のやつらまで続々と俺の部屋の中に入ってきた。

ノックの一つもなければ、既に酒を飲んでやりたい放題のやつもいる。

ライライも当然のようにできあがっていた。

パーティーの時は一滴も飲んでなかったのに、家に帰ってきてから飲むのかお前は……。

相変わらずこいつらはフリーダムすぎる。

何もすることがないスローライフをしに来たとはいえ、なぜやってきてから一日も経たないうちにここまでだらけることができるのか。

そしてここは会議所でもなければ遊戯室でもない。

俺の部屋だ、絶対不可侵のプライベート空間だ。

お願いだからさっさと出てってくれ。

お前らと一緒に居ると、俺一人の時間っていうものが作れないんだよ。

「……（じーっ）」

「なんですか隊長、そんなに熱視線向けちゃってー」

「隊長、こっち、こっちにも流し目プリーズです！」

俺がジト目で見ていると、なぜかエンヴィーたちのボルテージが上がった。

これなら昨日話を聞かせていた子供の方が、まだ聞き分けがある。

デザントを出てからというもの、ほとんど一人の時間がなかった。

俺はわりと一人の時間も大切だと考えるタイプなんだが……残念なことにクランリーダーの意向は、クランメンバーには伝わらなかったようだ。

人間、誰しも孤独な時間は必要だろう？

もしかしたら冒険者クランのリーダーに、基本的人権などというものは存在していないのかもしれない。

クランリーダーはあらゆる艱難辛苦《かんなんしんく》に耐え、プライバシーを侵害されても文句の一つも言わず、隊員の命令には唯々諾々と——って、んなわけがあるかっ！

「ここは俺の部屋だ！　全員、さっさと出て行けっ！」

「きゃーーーーーっっ!!　隊長の雷が落ちたーーっっ!!」

「こういう時は、逃げるが勝ちネ！」

俺は勝手にベッドで二度寝を始めていたマリアベルも含めて、全員を自室から無理矢理押しだした。

なにげに全力で抵抗してこようとするメンバーも居たので、俺も容赦なく気力を使って退出させてやる。

大人げないとは言うまい、そもそもあちらが子供過ぎるのがいけないのだから。

「ふぅ……」

期せずして朝から良い運動をしてしまったと、ゆっくり深呼吸をしながら乱れた部屋を魔法を使って整えていく。

ようやく一人になれたと思いながら部屋を見回すと、カーペットに左右五本ずつ、計十本の深い痕が残っている。

「いやですうぅぅぅ」と言いながらごね続けていたエンヴィーを無理矢理追い出した時にできた傷だ。

彼女が気力を使いカーペットを摑む力は、強力な魔物もかくやというほどに強烈だった。

まさか気力側も、こんなしょうもないことに自分を使われるとは想像しなかったことだろう。

「はぁ……」

駄々っ子のエンヴィー（あいつの年って、俺とそう変わらないはずなんだけどな……）を強引に引き剝がしたせいで、見るも無惨な姿になってしまっているカーペットを見ると、思わずため息がこぼれ出た。

これ……弁償ものだよな。

まあ多分あいつらと一緒に生活をするようになったら、ものどころか家屋も壊れるようになるだろうから、今更か。

最後にはきちんと整備して新しい物を作って返すと約束した上で、壊れても許してもらうことにしよう。

（しかし……さっきまでぎゃーぎゃー騒がれていたせいか。一人になると、なんだか急に寂しくなった感じがするな）

人間というのは不思議なもので、あれだけの喧噪《けんそう》の後だと、静けさが逆に気味悪く感じてしまう。

誰かと居る時は一人になりたいと思うのに、一人の時はそれはそれで寂しい。

人間とはなんと、ままならない生き物なんだろうか。

……いや違うな、俺がめんどくさい性格をしているだけか。

でもいきなりこれだと、先が思いやられる。

とりあえず俺の部屋は、魔道具使ってしっかり施錠しておかないと……。


ガードナーにやってきている面子《メンツ》の数は、『辺境サンゴ』の構成員ほぼ全員だ。

故に当然ながら、五百人近い大所帯になっている。

これだけ人が多くなると、さすがに一つの屋敷に収めるというわけにはいかない。

というわけで俺たちは、ソルド殿下の口利きによりいくつかの屋敷を格安で貸してもらい、いくつかのグループに分かれて生活をすることになっていた。

俺が暮らしているのは、そのうちクランの幹部メンバーであるマリアベルたちが住むことになっている、真ん中にある一番大きな屋敷だ。

ソルド殿下にはいくつか候補を出してもらっていたんだが、ここを選んだ決め手は、前にガードナーに来た時のご縁だったりする。

以前クランハウスとして使えそうな家を紹介してもらったエニタイム不動産の出していた物件にさせてもらったのだ。

そして今になってようやく知ったんだが、あのやり手そうだけど実は優しい不動産屋のお姉さんの名前が、バーデラさんというらしい。

バーデラさんは俺が律儀にエニタイム不動産を選んでくれたことに、いたく喜んでくれており、実は昨日のパーティーでも声をかけてくれていた。

「まさかあのアルノード殿とお知り合いとは……」

「エニタイム不動産と何か関わりが……？」

と遠巻きに見ている貴族たちも興味津々な様子だった。

なんでも彼女の話では、英雄アルノードも家を借りているという事実が、とてつもないアドバンテージになるようだ。

……まあ、それで彼女の評価が上がるのなら俺がとやかくは言うまい。

俺の名前程度、好きに使ってくれればいいさ。

とりあえず起きて、食堂へと向かう。

当たり前だが、昨日の今日で使用人の類も雇っていないので、物凄《ものすご》い豪華な料理が並んでいるというわけではない。

ないはずなんだが……なんだかいい匂いがするな？

どんどん強くなっていく匂いの正体は、食堂へたどりつくとすぐに判明した。

誰かが料理を作っていたんだろう。

この屋敷にいる『辺境サンゴ』の面々は合わせて三十人ほどだが、みんな俺が来る前から既に食事を始めていた。

長テーブルの真ん中あたりには寸胴《ずんどう》が置いてあって、おかわりをよそっている者もいる。

スープと肉料理と生野菜がどかっと並んでおり、それぞれが『保温』の魔道具を使って適温に保たれている。

よくみれば料理は大皿のものばかり。めいめいで食べる分を取るビュッフェスタイルのようだ。

いいな、小皿でちまちま出てくるよりこういうやつの方が、俺も好きだぞ。

昨夜と同じ立食形式とはいっても、並んでいる料理はどちらかというと家庭的なものが多い。

隊員たちに声をかけながら料理を取りに向かおうと歩き出し……すぐに立ち止まる。

周囲から距離を開けられているテーブルの端に、突っ伏しているやつがいたのだ。

まさか気分でも悪くなったのか。土地の空気が合わないという話はまま聞いたことがある。心配しながら近付いていくと……そこにいたのは酔い潰れているライライだった。

「うーん、もう食べられないヨ……」

「本当に食べながらそう言ってるやつを、俺は人生で初めて見たぞ……」

どうやらこいつは朝飯を肴《さかな》にして酒を飲んでいたらしい（ライライ、お前……正気か？）。見れば彼女の前には料理が並んでいる。

昨日来たばかりだから浮かれて羽目を外すやつも出るだろうとは思ってたが……まったく、仕方のないやつだ。

「とりあえず俺が飯食うまでここで寝ててくれよ、後できっちり寝室に運んでやるから」

「うーん、私はまだまだ飲めるヨ……」

「こいつ……夢の中でも飲んでるのか……」

酔い潰れて眠っているライライをそっと部屋の隅で寝かせてやってから、近くにあった椅子の一つに座らせてもらうことにする。

みんな好き勝手騒いでいるので、俺は適当に料理だけよそって端の方で食べさせてもらうことにする。

肉八割野菜二割の肉野菜炒《いた》めや揚げ物など、朝に食べるには少々重いものも多いが、クランメンバーに気にしている者はいない。

そもそも作戦の都合上、夜討ち朝駆け上等と昼夜を問わず行動することも多かったからな。

昼夜関係なく、飯は食える時に食っとこう精神が根付いているのだ。

ちなみにそのせいで、うちの隊員は早食い能力を当然のように身につけている。

俺？　俺は一応以前の経験があるから速度はわりと融通が利くぞ。

試しに食べてみると、朝っぱらから食うのに非常に適していない濃くて身体《からだ》に悪い味付けだった。

……控えめにいって最高だな。

兵士は大量の汗を流す。

汗で流れる塩分の不足を補うため、出す料理は基本的に塩辛いものが多かった。

そんなものを長期間食べていれば、隊員は長い防衛任務のための生活のおかげで、かなり味覚がバカになってきている。

多分昨日のパーティーに参加していた領民の人たちであれば、一人前を食べる前にギブアップするであろう塩辛さだ。

味なんか濃ければ濃いだけいいだろうという味付けは、案外嫌いじゃない。

俺の場合、元が貧乏舌だしな。

「でさー、そこであのよくわかんない騎士が……」

「ダンスの踊り方なんか、地元のやつしかわかんないよね～」

みんな話しながらだが、ものすごい勢いで食事を平らげていく。

ちなみに騒いでいるといっても、比較的お行儀はいい。

テーブルマナーに関してはノーコメントを貫かせてもらうが、そもそも俺から好きなように食えと口酸っぱく言っている。

食とは文化だ。

故に属州民である彼らには、彼らなりの食事というものがある。

細かくフィンガーボウルで汚れを落とすだけが食事じゃない。

食べた肉はしっかり骨をかみ砕いてその髄液まですするという作法も、また立派な一つの食の流儀なのだから。

故に俺はしっかりがちゃがちゃと食器を打ち鳴らそうが構わない。

テーブルがひっくり返ったり、料理が飛び散ったりしているなんてことがなければそれでいい。

喧嘩《けんか》をする時も基本的には外でやるように言っているから、中の調度品が壊れたりする心配をする必要もない。だったらあとはみんながやりたいようにやるのが一番いいと、俺は思っている。

ただ今まではそれでも良かったが……今後のことを考えると、もう少し礼儀作法なんかも教えておいた方がいいだろうか？

そんなことを考えながら、他のクランメンバーに負けないの速度で料理を腹の中に収めて（早食いっぷりからして、この表現の方が正しいだろう）いると、スススと近付いてくる影がある。

誰かと思えばエルルだった。

昨日来ていたドレスも大分フリフリだったような気がしたが、あれよりも更にフリルが大きい。フリッフリなエプロンを身につけながら、エルルは何か物欲しそうな顔つきをしてこちらを見上げていた。

そういえば、この料理の味付けは……少し覚えがあるような。

「これ、エルルが作ったのか？」

「――はいっ！　何人かに手伝ってもらいはしましたが、基本的には私が作りました」

当てられて少しだけホッとしながら、再度料理を口に運ぶ。

よく味わってみると塩みの中にわずかではあるが素材の味が残っている。

強い塩気の中で素材の味を出せるとは……エルルの料理の腕は、着実に上がっているようだ。

食べ終えると、なんでもないような様子で食器を手に持って流し場へいこうとする。

「いや、わざわざそんなことしてもらわなくても言ってくれれば自分で持っていくぞ」

「いいんです、私が好きでやってることですから」

「……そうか？」

「はい、そうです。どちらかといえば私がほしいのは……」

有無を言わさぬ様子と凄みのある笑みに何も言えなくなった俺は、高速で灰色の脳細胞を回転させた。

女性という生き物は、本当にほしいものはなかなか口にしないものだ。

男にはそのあたりを読み取ってやる機微が必要な時がままあるものなのである。

俺は一瞬にも満たない時間に答えをはじき出してみせる。

「ごちそうさま、美味《おい》しかったよ。また作ってくれると嬉《うれ》しいな」

「——は、はいっ！　隊長が良ければ、その、毎日とか、でも……」

毎日この食事だと流石《さすが》に胃もたれしそうだが、エルルは別に普通の料理も作れたはずだ。

「ちょっとずつ味付けを薄くしていくか……ガードナーだと、そこまで汗を流すこともないだろうしな」

「はっ、そうですね。つい夜営の時の癖で濃いめの味付けにしてしまいました……」

しょんぼりと頭を下げるエルルだったが、頭を撫《な》でてやるとすぐに機嫌は直った。

よくよく考えてみるとこの屋敷に暮らしている人間に料理と呼べるものを作れるメンバーはエルルくらいしかいない。

彼女の負担になりすぎないよう、出来合いのものをもうちょっとストックしておく必要があるかもしれないな。

食事を終え、エルルと別れる。

とりあえず自室に戻ってきたが……やらなければならないことがないため、いきなり手持ち無沙汰になってしまった。

まだ朝だが……ここまですることがないと、逆に不安になってくる。

どうするか……適当に『辺境サンゴ』内のグループの活動に交ぜてもらおうかな。

せっかく休暇をもらったんだから、普段だったらやらないことも色々とやってみたい。

第二章 ✝ スローライフ……？

ガードナーに来てから数日が経《た》った。

あれから俺は、ガードナーで活動をしているメンバーたちの様子を見て時にひやかしたり、時に稽古をつけてやったりしながら日々を過ごしている。

ただずっと街の中でぶらついているのにもそろそろ飽きてきたため、今日はいつもとは少し違った趣向で動いてみることにした。

「……で、私たちのところに来たんですか？」

「ああ、いつもとは違うことがしてみたくてな」

「そんな非行少年みたいな動機でアルノード様に来られても、正直困るんですが……」

「まあそう言わないで、とりあえず体験入隊だけさせてくれ」

「はぁ……」

わかりかねるといった感じで半目でこちらを見つめてくるのは、クランメンバーの一人であるミリィだ。短く切り揃《そろ》えた髪とくりくりとした目は、どこか小動物のような印象を抱かせる。

ガードナーに来るまではエルルについて、各地を冒険者として転戦していた子である。

飯を食い終え、特に何もすることがなく暇だった俺は、とりあえず外へ出てクランメンバーの様子を見にいくことにした。

するとタイミング良く活動を始めようとしていた『辺境サンゴ』の中にあるパーティーの一つである『暁』を見つけ、とりあえず声をかけてみたというのが現在に至るまでの状況である。

普段のクランメンバーがどういうことをしているのか、俺は基本的に部下を経由して又聞きしているだけで、実際に確認をしたことはほとんどない。

折角暇なんだから、今回はミリィたちと同行させてもらうことにしようかな。

彼女たちからすれば、商会の社長がいきなり一日自分たちの店に居座るような感覚だろうから、あまりいい気はされないだろうけど……まあこれも経験だと思って耐えてくれ。

世の中には理不尽というものが多い。

そして今この瞬間は、俺こそが理不尽の権化なのだ！

権力に回る側は気持ちいいなぁ、傍若無人になる貴族の気持ちも少しわかる気がするぞ。

「アルノード様が来るなんて……なんか緊張しますね」

「後で隊長たちにボコられないでしょうか……今から心配です」

「うーん……今からでも依頼変えますか？」

『暁』のメンバーはミリィ、カオル、ヨハンナ、セーヴェの四人だ。

四人とも女性で、男の影はまったくない。

どうやら男は男同士で、女は女同士で組むことが多いようだ。

俺が知らないだけで、実は男女比のおかしなハーレムパーティーとかも存在するんだろうか。

「――まあ、普段は基本的には魔物討伐をして周囲の治安維持をしていますかね。ガードナーに来てからそれほど経ってないので、今はまだ探り探りですが」

「ふむふむ。基本的に街の移動は元の百人隊規模でやってたんだよな？」

「そうですね。上から命令があったら昔と同じ感じで動いて、今みたく特に何もない時は割と好きな人たちと好きなように組んでます」

『暁』のリーダーをやっているミリィは、懐かしきオーガ狩りをしている他のメンバーたちと適当に会話をしながら、俺に説明をしてくれている。

当たり前だが、オーガごときに苦戦している者はいない。

どちらかといえば索敵に時間が持っていかれているようだ。

どうやら『索敵球』は持ち出しが許されなかったらしい。

前線で必要なので、泣く泣くあちらに置いてきたようだ。

そのためざっくりとした気力感知で場所を探してはサーチ&デストロイを繰り返している。

「稼ぎの心配はないか？」

「はい、福利厚生とかもしっかりしていますし、お給金にも問題はありません。小銭稼ぎというわけではないですが、こうやって狩りをすることも許されてますし」

クランメンバーとは、やった任務内容に応じて金銭を支払うという契約を結んでいる。

今まではソルド殿下とアルスノヴァ侯爵から防衛任務を受け、その契約金の一部を分配して渡していた。

一応常時の契約ということにはなっており、教導用の人間もある程度は向こうに置いてきている。なので契約金自体はしばらくの間は渡せるとは思うんだが……今後のことを考えると、新たな稼ぎ口も見つけないといけないいな。

冒険者全体からすれば、今みたいなきっちりした、貴族の下請けみたいな仕事の方が珍しいはずだ。

……もしかしたら、作戦ごとの班分けなんかのやりかたも変える必要があるかもしれない。

「ガードナーで何か仕事を探す必要もありそうだよな」

「え、そうですか？　魔物討伐をしてたらなんとかなると思いますけど」

「いや、こんなハイペースで続けていればすぐに狩り尽くすはずだ」

前にエンヴィーたちとオーガ狩りをしていた時にも思ったことだが……ここら辺の魔物はさほど強くもなければ、繁殖力が高いわけでもない。

俺たちが嬉々《きき》として狩りまくれば、魔物がそれこそ絶滅する勢いで減っていきかねない。

そんなことをすればガードナーにいる冒険者たちの仕事を奪うことにもなる。

いやまあ治安的なことを言えば、魔物なんか根絶した方がいいのは間違いないんだけどさ。

今は俺たちがこの街やアルスノヴァ侯爵領なんかの仕組みを変えてしまわない方がいいだろう。

（だとすれば魔物の素材の売却益か？　たしかにこれだけでも任務を超えるくらいの額にはなっているけど……）

『辺境サンゴ』の人間に渡しているのは、任務の契約金だけではない。

俺たちが今までバルクスで狩ってきた魔物の素材や、それらから作った魔道具。

そういった諸々《もろもろ》を、ある程度配分に傾斜をつけて配ってもいる。

ミリィたちにも、休みの日の魔物狩りが余暇になるくらいの額は与えられているはずだ。

さっき小銭稼ぎって言ってたしな。

正直まだまだ素材は余っているし……それこそ数年程度なら問題ないか？

だとすると……『辺境サンゴ』のみんなにも、じっくり休んでもらえばいいか。

うん、そもそもここには俺のじゃなくて冒険者クラン『辺境サンゴ』の休暇としてやってきたんだ。

あんまり深いことは考えず、がっつり休んでしまえばいいだけだよな。

別に街の産業構造とか魔物の狩りすぎによる生態系破壊とか、俺が考える必要はないのだ。

みんなにやりすぎないように伝えて、あとはなまらないように適宜シゴいておいてやれば、それで何も問題は起こらないはず。

とりあえず休暇の間も、最低限冒険者としての仕事はしなくちゃだよな。

今まで狩ってきた魔物の素材を売って暮らしてますっていうのは、さすがに外聞が悪すぎる。

ただでさえ俺たちは今、貴族の特殊任務を受けてるオリハルコン級冒険者ってことになってるのに。

「適当にやってくしかなさそうだなぁ」

「ですねぇ、何事も適当にやるのが一番ですよ」

「俺とミリィだと言っている適当の意味が違う気がするな」

「そうですか？　まあ、ほどほどにやっていきましょう。無理は身体《からだ》に毒ですしねぇ」

ミリィはふわあとあくびをして、口に手を当てる。

無理は身体に毒だってことを、俺たちは実地で経験してる。

緩急がエグいが、その分何もない幸福を噛《か》み締めることができている。

こんな毎日が、ずっと続けばいいよなぁ。

何もしなすぎても、早く老けたりしそうだけども。

うーん……最近やってないし、次は採取依頼とか受けてみようかな。

薬草の見分けとか、今でもちゃんとつくだろうか。

「よし、次は薬草採取とかどうだ、ミリィ！」

「なんかテンション急に上がってません!?」

……どうしよう、普通の冒険者ライフ、なんだかちょっと楽しいかもしれない。

討伐依頼を終えてもまだ余裕があったので、とりあえず常時受付をしている採取依頼をやっていくことにした。

薬草の茂りやすいのは、森林やその周辺と相場が決まっている。

ざっくり分類すれば、薬草のような魔力を含有する植物は、魔物が出没するところに生えていると言っていいだろう。

「ヨリ草とモギ草の違い、カオルにはわかるか？」

「いえ、全然区別がつきません」

「こっちのヨリ草は葉っぱの裏側に、小さなまだら模様がある。そしてこっちのモギ草は、葉の裏にうっすらと毛が生えている。基本的に薬草は見分けるだけじゃなくて、触ったり舐《な》めたりして見極めなくちゃダメなことも多い」

俺は『暁』のみんなに、薬草取りのレクチャーをしながら進んでいた。

今は俺がいるし、回復魔法の込められた魔道具を使っていればいいが、いつ誰がどうなるかなんて神様にもわからない。

不測の事態が起こった時に薬草の知識を蓄えておくだけで、生存確率は変わってくるはずだ。

もちろんそれが主な理由ではあるが……実は少しだけ、蓄えた冒険者としての知識をひけらかしたいという子供っぽい欲もある。

折角時間を使うのなら、俺が楽しいようにするのが一番だ。

ふふふ、どうだ。

『辺境サンゴ』では薬草ハラスメント、ヤクハラだってしてしまうんだぞ。

「いっつも思うんですけど、薬草ってなんでこんな辺鄙《へんぴ》な場所にしか生えないんですかね。果樹園とか畑みたいに、人里で育てれば遠出しなくても済むのに」

「簡単に言えば、薬草自体が人間にとって居住環境がいい場所ではないところを好むせいだな」

魔物が溜《た》まりやすい森林は、純度が低い。

魔力自体は多くあるのだが、それらは人間にとって都合の悪い方に作用してしまう。

魔力が多い分、魔素溜まり――つまりは瘴気《しょうき》のような純度の低い魔力が溜まるような場所が生まれやすい。

薬草とはそれ自体で薬効を発揮させたり、もしくは他の薬効を促進させるような植物の総称だ。

それ自体、葉や茎の中に微弱ながらも魔力を含有しており、そこに含まれている魔力量が多ければ多いだけ薬効が上がりやすい。

そしてそこに、魔力の純度は関係ない。

つまりどんなものであれ、魔力が大量にある場所の方が、薬草は育ちやすいのだ。

そして魔力自体は、俺たち人間の生活圏よりも、魔物の生活圏の方が多い。

薬草からしたら、ある魔力が人間にとって都合がいいかどうかというのは関係がないわけだな。

「へえ、色々あるんですねぇ」

「でも元々人が住みづらいところに生える薬草をそれでも持っていって薬にする人間って、たくましいというかなんというか……」

「魔物の素材だって、放置しておけば皮革にはならずに腐っていく。とりあえず使えるものは使うのが人のやり方さ」

俺はうんちくをべらべらと喋《しゃべ》って気持ちよくなりながら、採取を終えた。

空を見れば既に夕陽《ゆうひ》に変わり始めている。

もうこんなに時間が経ったのか……。

自分の知っていることを他人に話すのって、どうしてこんなに楽しいんだろうな。

俺はふと、今の自分がやっていることが前にうざいと思っていた先輩魔導師がやっていたのと同じであることに気付いた。

自分が興味のない話を延々と話される退屈さは、想像を絶するものがある。

そもそもがアポなしでいきなりの突撃だしな……どうしよう、なんだか申し訳ない気分になってきた。

依頼の報酬をみなで頭分けしていざ解散するというところで、俺はいきなり訪れて色々と迷惑をかけたことを謝っておくことにした。

「ごめん、『暁』のみんな……何かしてほしいことがあるなら、俺にできることならなんでもするから」

「えっと、それなら……ちょっとシンキングタイムいいですか!?」

『暁』の四人は円陣を組みながらごにょごにょと話し合いを始める。

何を話しているかはわからないが、どうやら侃々諤々《かんかんがくがく》の議論が行われているらしい。

ガードナーの通りを眺めながら人間観察を続けることしばし、ようやくリーダーのミリィがこちらにやってくる。

「それなら今日はどこかでご飯でも一緒に食べに行きませんか？」

「もちろん、アルノード様の奢《おご》りで！」

「ああ、もちろん構わないぞ……（ほっ）」

とんでもないものが来るかと思っていたので、ちょっと安心だ。

『暁』のみんなが良心的で助かった。これがエンヴィーあたりだと、容赦なくとんでもない依頼をしてきそうだからな……。

お腹《なか》も減ってたし、ちょうど飯時だ。

浄化《ピュリファイ》をして最低限身ぎれいにしたら、そのまま飯屋へ向かうことにするか。

これで埋め合わせができるといいんだが……今度はみんなの話に、しっかりと耳を傾けることにしよう。


とりあえず誠意を込めて、ガードナーで二番目に人気な『ソジミニ』という店にやってきた。

一番人気の店は事前予約していないと入れないからな。

ただ一応ドレスコードのある店だったので、一度別れてきっちりと着替えてから店に向かうことになった。

とりあえず特急料金ということで心付けを幾分か足した料金を支払い、コース料理に舌鼓を打つ。

量はさほど多くないが、食べる速度がゆっくりなこともあり過不足なく腹が満ちていく。

味が薄いなというのが共通の感想だったのがうちの食料事情の深刻さを表してもいたが、これはこれでありだということで総員の意見は一致した。

何も味を濃くするだけが料理ではない、そんな当たり前のことに気付けた食事の時間だった。

食後のデザートは、果実のシャーベットらしい。

「ふうぅ……お腹いっぱいです……」

「デザート入るかな……」

「私、もう一杯だけお酒飲んじゃおうかな？」

「……満足していただけたようで何よりだよ」

食前から適宜酒を飲んでいるせいで、みんな大分へべれけになってきている。

女性が集まった時のエネルギーというのはなかなか凄《すさ》まじいものがあり、俺は途中からは完全に終始聞き役に徹していた。

手持ち無沙汰になることも多かったので、俺もいささか酒を飲み過ぎている自覚があった。

これ以上酔ったらまずいし、一旦水をがぶ飲みして適度に血中アルコール濃度を薄めておこう。

「こうやってアルノード様とお話をしたのは、実はかなり久しぶりな感じがします」

「そうか？」

「ええ、やっぱり普段って元隊長組の方に遠慮してなかなか機会もありませんので……」

ミリィは肩を縮こまらせながらそんなことを言う。

今の彼女は割とシックなドレス姿だ。

谷間が強調されるような造りになっており、ボディラインの凹凸がはっきりと見て取れるため、なかなかに目に毒だ。

一度解散してから再度集合したら、なぜかこの格好に変わっていた。

しかし、エンヴィーたちに遠慮している、か……。

本人たちに意識はないのだろうが、今後も続くとなればいささか問題になるかもしれない。

たしかにそもそも俺たちが大隊として動いていた頃は、俺は自分の直属の部下であるエンヴィーやエルルたちに命令を出せばそれでよかった。

いちいち俺の判断を仰いでいたら間に合わない場面なんかも多かったから、実際それぞれの隊長たちにはかなりの裁量を持たせていた。

ただその弊害と言うべきか……エンヴィーたち小隊長と話をするだけで事足りてしまっていたため、俺は何か特別な理由でもない限り、平の隊員たちと話す機会がほとんどなかったのだ。

一応大隊長として相互の意思伝達なんかに齟齬《そご》が起きないよう、最低限の会話はしてきたつもりだったが……よくよく考えてみると、隊員とコミュニケーションを取った機会は両手で数えられるほどだったように思える。

今の俺たちはもう、第三十五辺境大隊ではない。

有事の際でもなければ一分一秒を争うような激しい戦いに身を置くこともないし、そもそも今後そこまで張り詰めるようなことは減っていくだろう。

その際、今のように上下の風通しがあまり良くない体制は問題だ。

クランメンバーが上司であるエンヴィーに不満があっても、それを俺に告げることができないとなれば、問題が放置されてしまう可能性があるからな。

それに……今まで問題を棚上げしてきたこともあり、平のクランメンバーの俺への態度はどこかよそよそしい。部下に慕われたくないと思う上司がいるまいよ。

冒険者クラン『辺境サンゴ』のクランリーダーとして今後もやっていくのなら、態度を変えていかなくちゃならないだろう。

なにせ『辺境サンゴ』は、もう軍隊ではないのだ。

今後のことを考えれば、命令に即応するために組織を硬直化させるより、多少伝達速度が落ちようが下の意見をきちんと吸い上げられる形にした方がいいに決まってるからな。

そのためにできることは何かあるだろうか？

そうだな……まずは俺と隊員たちの距離を、しっかりと縮めていくことだろうか。

とするとまずは……呼び方あたりから変えてみるか。

「ミリィ」

「はい、なんでしょう」

「俺はもう大隊長じゃない。だから今後は私的な場なら、アルノードさんとでも呼んでくれないか？　カオル、ヨハンナ、セーヴェの三人もな」

「「「「――ええっ!?」」」」

今後は堅苦しいのはなしでいこうじゃないか。

――うん、決めた。

今日から俺は頼れる厳格な大隊長をやめ、頼れるクランリーダーであるアルノードさんを目指すことにしよう。

もちろん公私はしっかり分ける必要があるだろうが、私的な場ならもっとフランクに接してくれてもいいと思うのだ。

少なくとも様付けはよしてほしい。俺は既に貴族の身分も返上しているわけだし。

今後は商会の上司と部下のような、今までより近い距離感でいこうじゃないか。

「同じクランのリーダーに様付けはおかしいだろう」

「まあ……それはたしかに？」

「だがある程度の上下関係は必要だろ？　だからさん付けだ」

「なるほど、道理は通っている……かも？」

「でもアルノード様をフランクに呼ぶのはさすがに……」

みな抵抗があったようだが、酒を入れて酔っ払っているからかそれほど時間がかからずに俺のことを隊長やさん付けで呼んでくれるようになった。

——というか、あれ？

みなさま、ちょっと酔っ払いすぎじゃないですか？

なんだか大分、目がとろんとしてきているような……。

「アルノード……呼び捨てにしちゃ、ダメですか？」

「……いや、それは流石《さすが》にダメだろう、常識的に考えて。俺もしかして、大隊の中でめちゃくちゃ舐められてたのか？」

「いいえぇ、そういうことじゃなくてぇ……」

「あははっ、アルノードさんのいけずぅ！」

「酒だ、もっと酒を持ってこい！」

どうやら『暁』のみんなは酒乱気味なようで、デザートを食べ終わった時には乱痴気騒ぎが始まりかけていた。

俺はなんとか彼女たちを落ち着かせ、レストランの人へ謝りながらクランハウスへ向かう羽目になった。

アルノードさんとしての初仕事が、酔っ払ったクランメンバーの介抱とは……なんともしまらないことである。


『暁』の面子《メンツ》が住むことになっている屋敷は、俺が普段寝泊まりしているところから歩いて十分もかからないところにあった。

結局ばらけていては都合が悪かろうと、いくつか屋敷が連なって空いていたところを、複数箇所借りて使わせてもらうことになっているからな。

距離的にいざとなれば狼煙《のろし》を使えば通信をするのもさほど難しくない。

別に本気で走っても数分で着くしな。

ただ居住環境なんかよいに越したことはないので、ソルド殿下はかなり豪華めな、元貴族や豪商なんかが使っていた屋敷ばかりを俺たちに選んでくれていた。

ソルド殿下の口利きがなければ、居住費だけでもかなりの額になっていただろう。

こういう細かいところの配慮が利いているのは本当に助かる。

全員が酔い潰れているわけではなかったので、二人をなんとかして歩かせて、もう二人を両脇に抱えながら、えっちらおっちらと歩いていく。

「ぎぼぢわるい……」

既にゾンビ化しているミリィたちを抱えながら歩いていると、ようやく屋敷が見えてきた。

あとちょっとだぞと後を幽鬼のようについてくるヨハンナたちに声をかけながら、進んでいく。

ああおいミリィ、そんなやばそうな顔をするな。

お前吐くの我慢してるだろ、ちょ……俺のローブに吐こうとするなっ！

「あ、アルノード様だっ！」

「どうしてアルノード様がこちらに？」

本来よりもかなり長めの時間をかけて、なんとかミリィたちの屋敷へやってきた。

ドアを開けると、すぐに『辺境サンゴ』の面々が玄関に顔を出してくる。

俺たちが来るのに事前に気付いていた者も、そうでないやつらもいた。

このへんはオフの時にしっかり休むか、仕事の時のクセが完全に抜けていないかという違いだろうな。

無論俺は、後者の方である。

俺も割と、休みの日でも敵影とかを探しちゃうタイプだ。

そして訓練をサボって弱くなるのが怖いので、オフの日であっても鍛錬は欠かさないようにしちゃうタイプでもある。

俺がミリィたちを渡すと、彼女たちが着ている服がいつもの物と違うことに気付いたようだ。

まあ俺が着せたの、なんの変哲もない無地のシャツだからな。

オシャレさんな彼女たちからすれば一目瞭然なのだろう。

彼女たちはスンスンと匂いを嗅ぎ、俺が香水の匂いを漂わせていることに気付いたようだ。

そしてミリィも同じ匂いをしているということにも。

「アルノード様……お疲れ様です。お手を煩わせてしまい申し訳ないです」

「いや、俺の方こそスマンな。なんだか思っていたよりもずっとはっちゃけさせてしまっていたようで」

ミリィが戻して俺がそれを処理した。

多分みんな薄々は何が起こったかを察していたが、詳しいことは聞かずにいてくれた。

その優しさが今はありがたい。

浄化《ピュリファイ》じゃ完全に匂いが取れなかったからな……香水なんか使ったの、かなり久しぶりだぞ。

「ご迷惑をかけたお詫《わ》びというわけでもないですが、一杯お茶でも飲んでいきませんか？」

「ん？　ああ、じゃあそうさせてもらおうか。酔いを覚ましてから戻ることにしよう。あ、あとだな……俺のことは今日から様付け禁止だ。ぜひ気軽にさん付けで呼んでくれ！」

そう言って親指をグッと立てると、みんな苦笑しながらも了解してくれた。

……なんだか今日の俺は少しハイになっている気がするな。

お酒を飲んで気が大きくなっているのかもしれない。

『暁』の入っているこの屋敷のサイズは、それほど大きくない。

入っているメンバーの数も、多分十五人くらいだろう。

こじんまりとしていて、なんだか少し落ち着く。

元々小市民だからな……これくらいの方が気が楽だ。

いつもと違い長テーブルではない、円形のテーブルだ。

丸っこいテーブルが二つくっついていて、その周りを囲うように椅子が配置されている。

ミリィとセーヴェは完全にダウンしているので、ヨハンナとカオルだけ同席している。

そこに元々ここに住んでいて、まだ起きているやつらが全員やってきた。

メンツは二人を除くと、女六に男二。

と、男女比は一対三だ。

「おお、ハーレムじゃないか。よかったなヨシナ」

「アルノードさんがそれ言います？」

男女比率一対十を超えている俺の屋敷のことはいいだろう。

何かをするにあたって便利なようにメンバーを揃えたら、そうなっちゃったんだから。

それに俺がどうのこうのというのはそれほど関係ない。

男というのはどれだけ女の子との機会に恵まれていても、他の男の女性事情には目くじらを立てる生き物なんだから。

……いや、俺が気にしすぎているだけか？

「隊長、こちらへどうぞ」

案内されるがままに座ると俺、ヨシナ、そしてシゲルの三人が固まり、俺ら以外の女性陣が残りの円周を形成する形になった。

女性陣は風呂に入ったばかりだからか、いい匂いがしてくる。

バスオイルでも使っているんだろうか、かなりフルーティーな香りだ。

対してヨシナとシゲルは……なんか獣臭い。

多分焼き肉でも食って、そのまま家に帰ってきたんだろう。

女性陣を見習え、お前らは。

それか浄化《ピュリファイ》を覚えろ。

俺は浄化《ピュリファイ》が使えるので基本的には汚れ知らず。

匂いもある程度は落ちるので、臭いと言われたことはあまりない。

今回は……ミリィがリバースしてしまったので香水で誤魔化してはいるが、これは例外というやつだ。

「これくらいの広さの方が、楽かもしれないな。家政婦とか要らなそうだし」

「今のところ、みんなの持ち回り制で家事をしよっかってことになってますね」

「たしかにアルノード……さんのところはかなり広いですもんね」

俺のさん付けに女性陣はまだ抵抗があり、男性陣は割と速攻で順応しているようだ。

「使用人どうするか、悩みどころだよなぁ」

「普通に雇えばいいんじゃないですか？」

「いや、普通の使用人を雇っていいかは微妙じゃないか？　アルノードさんの部屋とか、機密の塊みたいなもんだろ」

結局使用人の問題は未《いま》だ解決していない。

使用人を雇うならあらかじめ言ってくれれば見繕っておくとは言われている。

けど家の中にあまり知らない人間を入れることに、そもそも若干抵抗があるんだよな。

別に盗まれたらまずいものは基本的に『いっぱいハイール君』に入れてるから、機密的な問題はさほどないんだが……。

でも今後『通信』の魔道具のラインは屋敷まで伸ばすことになるだろうし、ソルド殿下とも定期的にやり取りをさせてもらう予定だ。

機密保持の観点から考えると……、殿下に選んでもらった人材を雇った方がよさそうだな。

次に話す機会があった時に、頼むことにしよう。

一応、使用人無しでもある程度回りはするんだけどな。

今は見えるところを、手すきなやつが適当に掃除して、あとは季節ごとにガガッと掃除でもするかという程度にざっくりとした感じで問題はなさそうだし。

ぶっちゃけ野宿に慣れてるから、屋敷の中がどんだけ汚くとも別に気にならないんだよな……。

ただエンヴィーたちはそうじゃないらしく、早速はたきをパタパタさせていたりするが。

それに遅延のかかった『収納袋』に入れておいたり『保温』の魔道具を使えば料理は温かいままの状態を維持できるから、コックは必要ないっちゃないんだが……作りたての料理には、温かいだけの料理にはない何かがあるという意見もわからないではない。

俺はその辺に基本的に頓着しないので、みんなの好きなようにやってもらうのがいいだろう。

――風通しのいい組織の長として、しっかりと意見も聞かなくちゃいけないしな！

「何か他に問題とかはあるか？　思ったことを気兼ねなく言ってくれると助かるぞ」

平のメンバーたちと話す機会はあまりなかったが、これからは違う。

その手始めとしてみんなから、普段は聞けないようなことまで聞いておくべきだろう。

俺はわくわくしながらみんなが口を開くのを待った。

だがみなは口をへの字にしながら顔を見合わせ、一向に話し出す気配がない。

「……？　（みんなを見ながら首を傾《かし》げる）」

「「「……？　（みんなが俺の方を見ながら同じ方向に首を傾げる）」」」

なんだか思っていたのと違う反応だ。

辛抱強く待っていると、ヨシナが恐る恐る口を開いた。

「特には……？」

「……なぜ疑問形？」

俺の言葉にみんなが矢継ぎ早に答えを被《かぶ》せてくる。

「装備の補修、配給も問題なし」

「今よりもいい装備なんて早々作れる物でもないでしょうし、何より満足しているし、愛着もあります」

「専用の『収納袋』も貸与してもらっているので、物資面での問題もほとんどないですし」

「給与面でも問題を感じたことはないっすね。ぶっちゃけ、大隊に居た頃の何倍ももらってますし」

命の危険は前より少なくなり、待遇は改善。

給料は何倍にもなったし、しっかりと休暇ももらえるようになった。

彼女たちはデザントにおいては二等臣民だったが、リンブルの人たちからすればそれは関係ない。

俺たち『辺境サンゴ』の面々は、みな一様にデザントから来た人間、と一括《ひとくく》りにされている。

もちろん悪い意味ではなく、良い意味でだ。

俺たちの戦闘技術なり魔法技術なり、リンブルの人間からすれば値千金の価値がある。

故に無下にされるようなこともなく、みんな大切に扱われているらしい。

（……あっ、そういえば……）

それならば俺の方からもう一つ質問をぶつけてみようか。

実は前々から、ちょっと聞きたいと思ってたことがあるんだよな。

「ヨシナ」

「はい、なんですか」

「お前って、一緒に作戦行動を取ってた騎士団とかから、スカウトとか受けなかったか？」

「……あー」

ヨシナが天井を見上げて、遠い目をする。

そのままひぃふぅと指を折っていき……。

「三つですね。今なら騎士爵までならなんとかすると言われました」

「やっぱりか。シゲルの方は？」

「俺は二個っすね。かあっ、ヨシナに負けたかぁ！　やっぱり顔か、男は顔なのか！」

ヨシナはスッと鼻梁《びりょう》の通っていて、彫りが深くてシュッとしたイケメンだ。

シゲルの方は肌が浅黒く、どちらかと言えばワイルド系の見た目をしている。

ヨシナは見た目に反して遊び人で、シゲルの方は身持ちが堅い。

見た目と違い、実の方はシゲルは女性経験が一度もないらしい。

少し酒の席で聞いただけだから、今はどうかは知らないがな。

……あ、もちろん誰かに話したりはしてないぞ。男と男の約束は絶対だからな。

（にしても……やっぱりそうか。見る目のあるやつなら、やっぱりこいつらの価値には気付くよな、

普通）

デザントでは二等臣民という立場のせいで敬遠されていたが、そういう偏見を抜きにすれば彼らの実力はピカイチだ。

普通の軍隊暮らしに難があって第三十五辺境大隊に配属されてきた者も多いが、俺や隊長格のみんなへの薫陶のおかげもあり、今ではしっかりと軍隊暮らしが板についてきているからな。

ちなみ最近では、隊長格のメンバーは、俺の側近と思われているからか勧誘やスカウトはほとんどされなくなっている。

今までそっちに行っていた分、今では平の構成員に勧誘の手が伸びているってことだな。

「……ふっふっふ」

「あれ、俺何か変なこと言いましたか？」

「いや……良かったな、と思ってな」

やっぱりこいつらの出自や見た目なんかは関係なく、しっかりと見てくれている人がいるじゃないか。

取り立ててくれる場所も、デザントを出ればちゃんとあるんだ。

騎士爵は一代限りだが、中でしっかりと頭角を現せば男爵くらいにはなれる可能性は十分にある。

もう、ヨシナもシゲルも大きくなっちゃって。

おじさんは嬉《うれ》しいぞ。

「これで心おきなく『辺境サンゴ』から羽ばたいていけるな」

「——えっ!?　なんでそうなるんですか!?」

「俺たち、『辺境サンゴ』を抜ける気は毛頭ないですよ!」

なんだと、おじさんは嬉しくないぞ。

「……将来のことを考えたら、絶対どこかで叙爵を狙った方がいいと思うんだが」

冒険者なんぞ、いつ野垂れ死ぬかわからない職業だ。

要は体のいい何でも屋だしな。

無論俺の方でできるかぎりのことはするつもりだし、どうしようもないような障害を負った場合の再就職先なんかの斡旋《あっせん》もできるよう、最近は動いたりもしている。

けどぶっちゃけ『辺境サンゴ』でやっていける期間なんかいいとこ十数年だろう。

稼ぎ自体はいいかもしれないが、その後のことを考えてみればわかる。

クランのメンバーは基本的に戦うことしか知らない脳筋ばかりだから、彼らが資産運用や商取引でまともに利益を上げられるとは思わない。

もし俺が死ぬなりなんなりしてクランが解散したら、その後はかなりキツいことになるはずである。

子供にある程度の財産を残すか、それより目減りはするかもしれないが財産と地位を残すか。

どっちがいいかなんて自明の理だと思う。

「いやまあ、それはそうなんですけどね」

「今は抜けない方がいい理由の方が多くて。もちろん、アルノードさんへの義理だって忘れてないっすよ」

ヨシナたちも、自分たちの腕に自信は持っている。

彼らもしっかりと万全な状態で臨めば、複数のミスリル級の魔物を相手取れるくらいの実力はあるからな。

自分たちの腕があればある程度は成り上がれることも、しっかりと理解しているらしい。

「将来のことを考えたら、安定志向で行くべきなのはわかってはいるんですが……」

「こんなご時世だと、何が安定かって話になってきますよね」

だがそれでも彼らに抜ける気がないのは、簡単に言えば現在のリンブルの立場が微妙だからというのも大きいようだ。

下手をすればデザントに飲み込まれかねない状況にあるリンブルに骨を埋《うず》めようとは、二人ともまだ考えられないらしい。

ついでに言うと現状のままだと、俺と一緒にいた方が安定しているというのと、自分たちを強くしてくれた俺への恩を強く感じているのも大きいらしい。

俺への恩はありがたくはあるが……そんなに気にしなくてもいいと思うんだけどな。

ここまで来るのは、俺一人じゃ無理だった。

みんなの協力があったおかげで、今の俺はこの立ち位置にいることができているんだ。

お前たちが俺に助けられたと思ってるのと同じくらい……いや、下手をすればそれよりもずっと。

俺はお前たちに助けられてると思ってるよ。

（ただ……俺と一緒にいた方が安定っていうのは少し問題かもしれない）

たしかにもしメンバーが『辺境サンゴ』を抜けて病気になった時に、俺が直接治しにいけないせいでもしものことが……なんて可能性もゼロではないわけだし。

メンバーが抜ける時には、餞別《せんべつ》として俺が本気で作った『回復』の魔道具を与えることなんかも考えておく必要があるかもしれないな。

とりあえず男性陣のことはわかったので、次は女性陣の方だ。

「ヨハンナたちの方はどうなんだ？　結構勧誘とかされたりしたか？」

「私たちの方も一応ありますよ」

「今より良い条件を出すから専属冒険者になってくれとかが多いですかねぇ」

「あと、お妾《めかけ》さんにならないかって誘いも受けました！」

ふむふむ、こっちもまあ予想通りだな。

女性騎士はそもそもの数が少ない。

サクラが『聖騎士』になることができていたのも、父親であるアルスノヴァ侯爵の影響が大きかったはずだ。

舐められたらまずい力が重視される業界で、上の人間が華奢《きやしや》な女性となると、護衛の時なんかは少しマズい。

相手に「あれならいける！」と思われたらいけないような商売だからな。

見た目的な物も結構重要な部分はある。

俺としては古くさい価値観だと思うが、女の上司の下で働きたくないという男はやはり一定数存在しているからな。

でもお妾さんか。それは……どうなんだろうか？

リンブルの女性のそういう事情はよく知らないな。

「貴族の妾って、どんな感じなんだろう」

「さあ？　何不自由ない生活を約束するとは言われましたけど」

「別に今も不自由してないしねぇ」

「むしろ妾になった方が、不自由しそうだよね」

女性陣からすると、妾という選択肢はよほどのことがない限りはナシだそうだ。

それこそ、公爵級の大貴族にかなりの好条件でも出されない限りはなびくつもりはないらしい。

何不自由ない生活を送れるのなんてよくて数年。

庶子を生んで、下手にその子が優秀だったなら家の中で方々から睨《にら》まれて居場所がなくなったり、いわれのないイジメを受けることなども多いそう。

基本的に子供共々幸せに過ごせる場合の方が少ないらしい。

なんだか夢のない話だ。

平民が貴族の嫁になるなんて、物語に出てくるようなシンデレラストーリーなのに。

「みんなは結婚願望はあるのか？」

「私たちですか？」

「もちろんありますけど」

「身近に居る人に慣れると、大抵の人には物足りなくなってしまうんですよ……」

身近な人？

たしかに『辺境サンゴ』にいる男たちも、スペック自体はかなり高いだろうな。

手に職がついてるやつも多いし、何よりみんな顔見知りである程度気心も知れている。

優良物件と言えば、優良物件なのかもしれない。

「これさえなければね……」

「わかっててやってます？」

いったい何がだ。

……あ、そうか。

彼女たち基準で言うと、俺もその中に入るわけだな。

ならどうして……俺はずっと、彼女がいないままなんだろうか。

――クソッ、俺だって好きで独り身でいるわけじゃないんだぞっ！

「それならお前らが俺のこともらってくれてもいいんだぞ？」

心の中では血涙を流しながら表情を取り繕い、なんとかそう口にすると、女性陣の表情が曇った。

「いや、それは……」

「後のことを考えると、命がいくつあっても足りないというか……」

「命知らず過ぎるというか……」

優良物件だとみんなが思ってくれているのに、居住してくれる人間は誰一人としていなかった。

……泣いてもいいか？

「まま、アルノードさん。今日は酒飲んで忘れちゃいましょう」

「明日になってからまた考えればいいですよ」

既に飲んだ酒はさめているので問題はないだろうと思い、男衆に言われるがまま、俺は酒に口をつけた。

そして久しぶりに、かなりベロベロになるまで酔っ払った。

翌朝自分が色々と言っていたことを思い出し赤面し。

そして猛烈な二日酔いによる頭痛に頭を抱えることとなる。

けどまあ……たまにはこういうのもいいだろう。

みんなとの触れ合いだって、大切な時間さ。

あれから、メンバーたちと話す機会は大切だなと思い、色んなパーティーのところにお邪魔させてもらうことにした。

ハーレムパーティーも何個かあったが、やっぱり女だけ男だけで固まっているところが多かったな。

そもそもの話、うちの『辺境サンゴ』は女の割合の方が圧倒的に高い、どちらかと言えば女社会寄りの場所だ。

なので男も肩身が狭いらしい。

他のクランメンバーたちのところにも行ってわかったが、結構メンバーごとに違った事情があるということだ。

面白いことに、既にパーティー内でデキている男女も複数いた。

クッ、俺ですらそこまではいっていないのに……と思わなくもないが、幸せならとやかく言うつもりもない。

無論男女の関係なので『辺境サンゴ』の外とも繋《つな》がりのある者は、意外に多かった。

こちらはどちらかと言うと男の方が割合が高かった。

オリハルコン級冒険者クランに所属しているクランメンバー。

そのリーダーである俺が、王位を継承する第一王子ソルド王太子殿下の大のお気に入り。稼ぎも良くて、将来いくらでも潰しが利きそうなだけの戦闘能力なり指揮能力なり、クラフトの能力がある。

市井に出ると、それはもうめちゃくちゃにモテるらしい。

中には女の子をとっかえひっかえにしたり、泣かせたりしているやつもいたので、とりあえずそいつらは隊長権限で叱り、そのあと一発ぶん殴っておいた。

遊ぶのが悪いとは言わんが、少なくとも『辺境サンゴ』の看板を背負っていることを理解してもらう必要はある。それに女を泣かせるのはそもそも論外だ。

ただ、クランメンバーは引く手数多《あまた》のようだが、俺の方はというと……まったくモテていない。

これはまったくもっておかしなことだと思う。

あれだろうか。

大手の商会の商会長は忙しすぎて働きづめで、金があっても使う暇がない。

支店長や支店のエリート社員の方が金と時間にある程度余裕があって、結果としてモテる……みたいな感じなのだろうか。

ただ浮き名を流すことはできなかったが、その分みんなと共に行動し暮らしぶりなんかを見て回ることができた。

基本的に酒を飲みながら話せば、割と下世話というか仕事に関係のない、堅苦しくない話もできるようになるからな。

生活事情とかも聞けたし、仕事の愚痴もちょっとだけ聞けた。

やはり中には、長期の野営なんかをしんどいと思う、普通の感性の子も居たようだ。

そしてみんなと話していく中で、一つ言われて衝撃を受けたことがある。

女性隊員の一人に、子供を作った場合にどうなるかという相談をされたのだ。

俺自身そういうことにあまりにも縁遠いため、そんなこと考えたこともなかった。

ちなみに軍隊の場合はというと、妊娠した兵はそのまま除隊させてそれでおしまいだ。

男所帯ということもあり、慈悲も手当もまったくないことがほとんどである。

手当や保障がないため、少なくとも第三十五辺境大隊に入ってから妊娠した女性はいなかった。

まぁ、妊娠させた男は居たんだが……そこらへんは自己責任だからとやかくは言っていない。

けれどさすがにこのままではマズいだろう。

彼女たちは俺を信じて、軍を除隊して故郷であるデザントを抜け出てリンブルまで来てくれたのだ。

もし彼女たちにおめでたいことがあったのなら、それを最大限祝ってやれなくて何がクランリーダーだという話だ。

誰かが妊娠したり、他の子を妊娠させた場合にどうするべきか。

妊娠したメンバーに戦闘をさせるわけにはいかないし、もし誰かを妊娠させたメンバーがいたら、多分気が気ではなくて変な怪我《けが》が増えるだろう。

とりあえず事務処理担当として働いてもらっているサクラと一緒に協議し、俺は『辺境サンゴ』に産休・育休制度を導入することにした。

これは簡単に言えば、妊娠時や赤ちゃんの頃の手が離せない時期に長期休暇を認めるという制度である。

長期休暇の間も最低限生活を維持できるくらいの給金は支払い、出産後に職場復帰をするのも可能というもの。

このシステムは既に大手の商会などで導入されており、従業員たちからは好評を博しているらしい。少し従業員に有利すぎるような気がするが、余所《よそ》と違ってそのあたりのフォローが手厚い分だけ、この制度を使うか否かにかかわらず従業員の帰属意識が高まるのだという。

ちなみにもし子供が生まれた場合、そのメンバーにはクランハウスを出て家を借りてもらうつもりだ。流石に元気な赤ん坊がいては、休むものも休めないからな。

給金自体は高いし手当ても出せば、家政婦なりなんなりを雇うくらいは余裕でできるはずだ。

もしベビーブームが起きて大量に子供ができたり、子供たちがある程度大きくなってきたら、託児所なんかを作るのもいいかもしれない。交代制でまとめて面倒を見れば、その分休憩も取れるはずだしな。

このあたりはまだまだ先の話なので、実際にそうなってみないと判断はつかないけど。

また母になり子供の面倒を見ているうちに、もう命がけで戦いたくないと思うメンバーも出てくるかもしれない。

そういった者たちの面倒を見るために、サクラをトップにして今後拡張していく予定の『辺境サンゴ』の事務部門の方へ転身できるための組織作りもしていくことになった。

そしてそんな風に組織内の風通しを良くしていたり、今後のことを考えてああでもないこうでもないと話をしているうちにあっという間に時間が経ち。

ようやっと開通したラインを使い、ソルド殿下と通信を行う時がやってきた――。


「もしもし、聞こえているか？」

「はい、問題ありません」

通信の魔道具は、無事に効果を発揮してくれていた。

今俺の目の前には、中空に映し出されたソルド殿下の上半身が見えている。

王都からガードナーまでは結構離れているはずだが……とうとうこれだけ距離が離れていても、通信ができるようになったか。

ここまで来るとそう遠くないうちに、諸外国のお偉方同士が通信でやり取りをする未来も来るかもしれないな。

FPS : 756 SERVER:
PING : 21
STABILITY

「そちらの方はどうだ？　ちゃんと休めてるか？」

「はい、休暇を満喫してますよ」

育休を始めとして組織内での変動はあったが、何か事件なり激しい戦闘なりは起こっていない。

精々がエルルが平のメンバーたちを相手にして一人でみんなをボコボコにしてたくらいだろうか。

鬱憤晴らしかなにかだったみたいだが、そこまで苛《いじ》めたらさすがにかわいそうだろうに。

でもここ最近みんな身体が鈍りがちだったから、案外いい運動になってくれたかもしれない。

「ソルド殿下の方はどうですか？」

「そうだな、じゃあ順番に報告していくか」

まずはトイトブルク大森林に関して。

森から出てくる魔物に対する防壁が完成してくれたようだ。

『魔力筒』によって防衛もずいぶんと楽になり、今では白鳳《はくほう》騎士団たちが出張らずとも、王党派の騎士団だけで防衛が可能なレベルにまで持っていくことができたらしい。

『魔力筒』は製造方法をソルド殿下に提供している。

無論無償じゃない、今回は特許料として作成ごとに一定の割合の額をもらうことで合意は既にできている。

他にもいくつかの魔道具の設計図を、このような特許のような形で有償で提供している。

王党派なんか、強くなってくれればくれるだけありがたいからな。

俺たちのことが完全に要らない子にならないよう、ある程度渡す内容は選ばせてもらっている。

完全に特許でも取って、技術の中枢に居座ることができるんなら、もっと開陳してもいいんだが……それはまだ早いだろうし。

それに現状だとまだ技術的に作れないものも結構あるしな。

リンブルの付与術士たちに作らせた『魔力筒』でも、ある程度満足のいくできのものが作れたようで、今のリンブルは自国内でこれを増産できるように励んでいる最中だ。

「これで国内に目を向けるだけの余裕ができた。アルノードには改めて礼を言わせてもらおう」

「いえいえ。それで実際のところ、リンブルの国内情勢はどうなんですか？　内戦とか、起きそうな感じで？」

「ふむ、そうだな……」

ソルド殿下は顎をなでつけてから、きな臭い感じはするという曖昧な答えだけを返してくる。

地方分派の寝返り工作はそこまで上手《うま》くいっていないってことなんだろうか、それとも……。

「アルノードには地方分派の勢力図について、あまり詳しい話をしたことはなかったよな？」

「ええ。寡聞にして、市井に聞こえてくるくらいの情報しか知りません」

地方分派というのは、地方で幅を利かせている辺境伯や伯爵たちの総称だ。

ざっくり言えば中央集権化を進めようとする王党派に反対するグループが地方分派で、どちらにもついていないのが中立派。

リンブル王国が未だ小さく王の権力が今よりもまだまだ小さかった頃、地方で幅を利かせてきた豪族たちの末裔《まつえい》の貴族たちと言っていい。

中でも有力な地方分派の上級貴族たちは三人。

ランドル北伯、ニルス西侯、ツェペシュ南公だ。

これはそのまま、彼らの領地の方位と爵位を表している。

ソルド殿下が真っ先になんとかしなくてはならないのは、ツェペシュ南公である。

直接の領地を接していないとはいえ、彼の領地はデザントと交信のできる距離にある。

もしリンブルが潰れるとなった時、彼は何事もなかったかのようにリンブルを裏切り、デザント側につくのは間違いない。

実際問題、そうしないと真っ先にデザントの攻撃を受けるようになるのはここだからな。

地方分派のアイシア殿下が既にデザントと通じている可能性が高い以上、ツェペシュ南公もまた彼女同様、既にデザントの手先となっている可能性も十分に考えられる。

けれど殿下の言葉は、俺の想定とは大分異なっていた。

「一応ツェペシュ公爵に関しては、ある程度のコンセンサスが取れている」

「……そうなんですか？」

「南部に関してはアルスノヴァ家も領地を持っている分、そこを経由して窓口を繋げることができた。ツェペシュ公爵も一方的にデザントにやられかねない状況に不満はあったらしくてな。技術供与や有事の際の出兵を出汁《だし》にすれば転がすのはそれほど難しくはなかったよ」

……さいですか。

俺が出した物を早速有効なカードとして使ってくれて何よりです。

いざという時にデザントにやられる可能性がある。

言わば常に喉元に刃を突きつけられている状態だ。

その時に採れる選択肢は二つ。

諦めて刃を立てられた時に唯々諾々と従うか。

相手に立ち向かえるように刃を研ぐか。

どうやらツェペシュ公爵は後者を選んだようだ。

リンブルの人間って、割と気骨がある人が多いよな。

デザントに慣れていると、予想がこんなにもあっさりと外れてしまう。

……でもそれだと、どうして殿下は言い淀《よど》んだんだろうか。

一番骨だった部分の交渉が終わり、あとは順風満帆としか思えないが……。

「一番の問題は北伯であるランドル辺境伯だ」

「北ですか……」

ランドル辺境伯の領地、および寄子たちも含めた領地は実に北部の半分近くを占めている。

領内は西部〜北部あたりの外周を海に囲まれているため、天然の要害となっている。

たしかに攻め落とすとなると、かなりの時間がかかるだろう。

兵糧攻めをしようにも、周囲を囲む海を経由されればなかなか完全に輸送を防ぐのは難しい。

海上封鎖って、あんまり現実的な手段じゃないからな。

なんだっけか。

俺はそっちには大分門外漢だが、なんでも港に鎖を入れたりするんだっけ？

曖昧な知識しかない。

そして攻め落としにくいというだけじゃない。

北伯の地理的な強みはもう一つある。

「海を経由して、オケアノスやデザントと繋がっている可能性がある……というわけですか？」

「その通りだ。リンブルには大した造船技術がないが、どこかから最新鋭の船でも買われていれば、両国間での行き来をしている可能性は十分にある」

ランドル辺境伯の北部の領地は海に面している。

その先には大星洋が拡《ひろ》がっており、デザントやオケアノスと海の航路で繋がっているのだ。

恐らくソルド殿下は、そのどちらかと北伯が繋がる、或《ある》いは既に繋がっているかもしれないことを危惧しているんだろう。

オケアノスは基本的に孤立外交を取っているため、それほど心配はしなくていい。

王家が代替わりとかをして大規模な政策転換でもない限りは、戦争の可能性は極小と見ていいだろう。

なにせ以前は、リンブルが相当ヤバかったらしい時にもまったく食指を動かさなかったっていう話だし。

ただやはり問題は、仮想敵国であるデザントと繋がる場合だ。

北伯が寝返った場合、いざ戦争となればリンブルは戦線を二つ抱えることになる。

そして大星洋を経由してデザントの兵なり魔道具なりを持ち込まれてしまえば、リンブルは一気に怪しくなってくる。

つまり北伯の動静は、割とリンブルの国情そのものにかかってくるわけだ。

国境沿いである南公の説得には成功しても、こちらはあまり上手くいっていないらしい。

「というか、まったく情報が入ってこないんだよな。厳しい情報統制でも敷かれているのかもしれない」

「情報統制……ですか？　まさか既にデザントに征服されたあと、なんてことは……」

「さすがにデザントもむやみやたらに戦域を増やすことはしないと思うが、可能性はゼロではないな。今のところ使者を出してもけんもほろろで、向こうの様子がまったくわからないんだ。王家の力が大して強くないせいで、強硬手段を採るわけにもいかない」

きな臭いっていうのは、そのあたりのことなんだろうな。

だとしたら俺にもいくらかできることがありそうだ。

俺たちは冒険者、どこにでも自由に行けるさすらいの風来坊だからな。

「あ、アルノード。お前はまだ動く必要はないぞ」

「……そうなんですか？」

ガクッと肩を落とすと、ソルド殿下は笑う。

「別に使者を首だけにして返されたわけでもない。最低限度の対応しかされなかったせいで、交渉の余地がなかっただけだ。まだそこまで急いでいるわけでもない。今はまだ南公に注力する時期だと思っている」

てっきり俺たちを北伯の領地へ視察なり交渉なりに向かわせるという話になると思っていたのだが、どうやらそうではないらしい。

いずれは……とは思っているらしいが、今はまだ時期尚早という考えのようだ。

何が起こっているのかよくわからないというのはたしかに怖いが、大事にはしたくない感じらしいな。

考えてみれば使者経由で情報が来なくとも、御用商人なり密偵なりから、ある程度の情報は手に入れることができているはずだ。

今後もそれは続くはずだし、無理をする必要はないという考えらしい。

どうやらソルド殿下は、俺をそこまで頻繁に動かしたくはないようだ。

やはり所詮は外様《とざま》だからか……と自分を卑下したりすることはない。

俺は伝家の宝刀なのだ。

いや、殿下の宝刀というべきかもしれない。

……どうだろうか、これ。

自分では結構センスあると思うんだが。

「二点だな」

「何点満点で、でしょうか？」

「公表は控えさせてもらおう」

パッと素晴らしいジョークが頭に浮かんだせいか、思わず口走っていたらしい。

ソルド殿下は、噴き出したりはせずに苦笑している。

「とりあえず、アルノードの意志を尊重し、なるべく政治に関わらせない立場に置かせてもらう。その代わり有事の際に俺の矛として働いてもらうつもりだからな」

「はい、ご配慮ありがとうございます」

とりあえず事務的な話を終え、個人的な話をすることになった。

『通信』の魔道具の魔力消費はかなりエグいが、魔石なら腐るほどある。

木材が安いところでは、別に大して寒くなくとも薪を焚《た》くという。

俺と殿下もそんな感じで、魔石をジャブジャブと使い込んでいた。

「殿下のお子さんの方はどうなんですか？」

「不肖の息子でな……あいつに王位を継がせても、まず碌《ろく》なことにはならないだろう。そろそろ学園に通う年齢だが、学友たちの悪い影響を受けないか心配だよ……」

ソルド殿下には息子が一人と娘が二人居る。

殿下は割と晩婚な方なので、子供は三人とも成人していない。

どうやら年を取ってからできた子供のせいか、心配でたまらない様子だ。

こういうところはやっぱり、人の親って感じだよな。

殿下の所帯じみた話や息子の苦労話を聞く時間を過ごした。

そのままそろそろ俺も結婚の一つや二つしろと殿下にはまた催促されてしまった。

……でもどうしてだろう。

今までほど、結婚に対する「まあ、今はいいかな」感が消えている。

ある程度考えるだけの余裕ができたからだろうか。それともクランメンバーの恋愛話や将来設計について耳にするようになったからだろうか。

サクラと一緒にメンバーが子持ちになってからの話を詰めていたからというのもあるかもしれない。

うーん、結婚か……。

いや、結婚はまだ早くとも……交際の一つや二つくらいは、しておいた方がいいのかもしれないな。

でも付き合うって……いったいどうすればいいんだ？

好きでもない相手に告白するのは、なんだか不義理な気がするし。

難しいことを考えているうちに、殿下との通信は終わった。

明日から……婚活頑張ってみようかな。


「緊急事態です！」

ダンッと机を思い切り叩《たた》くのは、青い髪を腰の辺りまで伸ばした美女――『辺境サンゴ』幹部メンバーの一人であるエンヴィーだ。

彼女はアルノードがソルドと話している最中、同じクランハウスの中にいる面々に対し招集をかけていた。

「ふあぁ……」

「いきなりそんなことを言われても……」

「帰っていいですかぁ？」

彼女が呼び出したのは屋敷の中にいる全員なので、マリアベルたちを始めとする『辺境サンゴ』の幹部たちだけではない。

その横を見てみれば、合わせて三十人近い屋敷の住人たちほとんど全てが揃っていた。

例外はシュウたちを始めとする男衆とエルルだけである。

エルルは最近明らかに調子がおかしいので、今回は呼んでいない。

つまりこの場にいるのは、彼女を除いた女性陣だけである。

「既に王都を離れてからしばらく経っているというのに、私たちの関係にまったく進展がありません！　だというのに最近アルノードさんはミリィたちなんかとよく談笑をしています！　これは差別です、格差は今すぐ撤廃しなくては！」

「下の意見をよく吸い上げるというのはぁ、良い上司の条件なのではないですかぁ？」

「このままは良くないわ！　なんとしてでも隊長の気を私たちの方に繋ぎ止めなくちゃ！」

エンヴィーは堅苦しい言葉遣いにはすぐに限界がきたので、いつもの調子に戻す。

彼女の言葉に頷《うなず》く者もいれば、なんとも言えない顔をしている者もいた。

前者は今までアルノードと深い関わりがあった子たちであり、そして後者はガードナーにやってきてからアルノードとよく話すようになった子たちだ。

みながガードナーに来てからのアルノードの変化には気付いていた。

彼はここに来てから、前と比べるとぼーっとする時間が増えていた。

仕事一心で来ていたというのにすることがなくなり、自分の時間が増えた結果、それをどう使えばいいかわからなくなってしまったのだろう、というのがエンヴィーの推測である。

そしてアルノードは時間が余り、その時間を自分たちとの交流に使ってくれるかと思っていたのだが……残念ながらそうはならなかった。

彼は空いた時間を使い、今まで交流をあまりしてこなかったクランメンバーたちと食事をしたり、談笑をしたりするようになってしまったのだ！

無論エンヴィーたちのことを無視しているわけでも、彼女たちに対してまったく時間を割いていないというわけでもない。

彼女たちに使う時間は、おおむね普段と変わらない。

そして結果として関係も、今までとまったく変わらない。

（このままでは、ヤバいかもしれない。アルノードさんを、他の女の子に持っていかれちゃうかも！）

様付けはやめ、これからはもっと気安く呼んでほしいという通達があってから、エンヴィーの焦りは更に増していた。

今まで触れ合ってこなかった、というか上司で『七師』なせいで自分なんかが恐れ多い……と思っていたクランメンバーとの距離が、アルノードが自身から積極的に動くようになったことで明らかに縮み始めていたのである。

別にアルノードは以前から厳格なリーダーという感じでもなかったが、そこまで熱心に部下と関わりを持つようなタイプでもなかった。

そしてそれをいいことに、エンヴィーたちも彼を他の隊員たちとあまり近付けてはこなかった。

というかむしろ、意図的に弾《はじ》いていたといった方がいいかもしれない。

任務の時や有事の際はある程度シャットアウトをしても、アルノードの邪魔をしないようにという大義名分が立っていたが、残念ながら今はガードナーでスローライフを送っている真っ最中。

下手に遮るわけにもいかず、アルノードは自らの赴くままにメンバーと関わるようになった。

そしてメンバーたちが、アルノードの魅力に気付いてしまったのだ。

アルノードとはどういう人間か。

彼はまず、とにかく仕事ができる。

そもそもの話が無理難題だったバルクス防衛を特に犠牲者を出すこともなくできてしまっている時点で明らかだが、アルノードには与えられた命令をしっかりこなすことができるだけの能力がある。

というかアルノードは、なんでもできる。

できないことを探す方が難しいくらいだ。

魔道具を作ればそれ一本で生きてきたシュウよりも高性能なものを作ることができるし。

戦闘をしても、一対一では誰も勝てる者がいない。

基本的に何事も、事前に準備をして万全の状態を期して行う。

つい最近も、アルノードはデザントの『七師』の一人であるウルスムスを、激戦の末に倒している。

それだけのことができるというのに、アルノードは決して傲《おご》らない。

というか、自己評価が低すぎるきらいがある。

彼はとにかく優しい。

自分がどれだけ稀有《けう》な存在なのか、本当に理解しているかどうか怪しく感じるほどに優しい。

アルノードは隊員がどんな出自の者であっても、決して生まれで判断をしなかった。

更に言うと、彼は人を能力だけで判断することもない。

覚えが悪い者やまともに戦えない人間がいても、簡単に見切ったりすることはほとんどない。

根気強く丁寧にものを教え、できるようになるまで側《そば》に居てくれる。

そう、アルノードは人に寄り添うことのできる人間だ。

そしてだからこそ――。

(競争率が高すぎるっ！　そりゃみんな好きになっちゃうって！)

アルノードが、自分が思っていたよりもずっと優しい人間だった。

普段の凜々《りり》しい姿や、バルクスの頃の戦い続けていた姿とのギャップ。

それが女心を打ち抜く。

そして話してみると、アルノードは結構気安いタイプの人間だ。

上司であるということに気兼ねせず、割となんでも言えてしまう。

舐められているわけでもなく部下と上手い関係を作ることのできる、理想の上司と言えるだろう。

「このままじゃマズいのよ！　この気持ちはみんなも同じはず！」

「それは……たしかに」

「元から高かった倍率が更に上がっただけ、とも言えるヨ」

「でもあのアルノードさんですよ？　少し関わるようになったくらいで、簡単にコロッといくようなこともないと思いますが……」

アルノードの悪い点。

それはとにかく他人の気持ちに疎いところである。

彼はとにかく自分に対する好意に鈍感である。

まさか自分に懸想するわけ……などと考えて、そもそも向こうが自分のことを好いていると考えない。

心のどこかでブレーキをかけてしまっているのだ。

それは今まで、第三十五辺境大隊のみんなで仲良くやっていく上では良い点ではあった。

痴情のもつれで人死にが起こりかねない環境では、アルノードが誰かと付き合えば、それだけで連携にヒビが入りかねなかった。

しかしリンブルに来てからは、命の危険に直結するようなことはほとんどなかった。

ウルスムスと戦いの後にアルノードに変化が起こってくれたことは、『辺境サンゴ』の平の隊員たちにとっては幸運だったのかもしれない。

エンヴィーたちはどうしてもバルクスの頃の感覚が抜けておらず、自分が抜け駆けをしては……という思いを抱えている。

けれど最近になってアルノードと接するようになった者たちは違う。

彼らは今、アルノードに好意を持つようになったのだ。

恋は弱肉強食とばかりに、アルノードは最近は積極的なアプローチを受けている。

対して女性経験がないと断言できるアルノードがコロッといってしまう可能性は、決してゼロではない。

ここにいる古参の面々は、みな焦りを感じていた。

エンヴィーの危機感を共有したことで、議論が白熱する。

ああでもないこうでもない。

もういっそのこと、普通に告白を。

ダメ、勇気が出ない！

そんな不毛な会話をしていると……ドアの開く音が。

そこからのっそりと現れたのは――ボサボサの髪をした、エルルであった。

「私に……考えがあるの……」

「ちょっとエルル、大丈夫なの……？」

エンヴィーたちの前に現れたエルルの姿は、幽鬼のようだった。

アルノードに見られるかもしれないといつも香油で丹念にセットしていた髪は見るも無惨な様子になっており、手櫛《てぐし》をすれば間違いなく途中でつっかえそうなほどにガビガビになっていた。

そして目からは完全にハイライトがきえており、存在感が希薄なのに見ればぎょっとしてしまうような何かがあった。

このまま放っておけば、ふらっとどこかへ消えてしまうのではないか。

エンヴィーたちがそんな風に思ってしまうほどに、異常を来していた。

もちろんこうしてエルルの元気がないのは、アルノードが色々なメンバーと交流を持ち、時には朝帰りをしたりするようなことも増えてきたからである。

もしかしたらアルノードは既に誰かと……そう考えるだけで、エルルの活力はみるみるうちになくなっていた。

恐らくこのガードナーに来た『辺境サンゴ』のメンバーの中で、一番元気がなくなったのが彼女だろう。

アルノードが見舞ってくれる時には化粧をしたり、回復の魔法を使ってもらい体調を戻したりするのだが、それが終わればすぐこの状態に戻ってしまうのである。

毎日部屋の中に引きこもっており、部屋からは時折すすり泣くような声が聞こえてくる。

女の子の中には、定期的に精神が不安定になる者もいるというが、エルルは正にそういうタイプであった。

もっとも、エルルのメンタルの上下が激しいことはみな承知しているため、そこまで心配はしていない。

彼女たちはエルルの精神が、アルノードと関わっている限り、どんな状態になっても持ち直すことを知っているのだ。

やってきたエルルは……一見すると前までと様子は変わらない。

けれど彼女に詳しい者の何人かは、その目が普段よりも輝いていることに気付いていた。

「このままじゃマズい……だったら状況を、変えてしまえばいい」

「……どういうこと？」

「簡単な話よ。アルノードさんにその気がないのなら、その気にさせてしまえばいいというだけの話」

ドスンッ！

エルルは何かを、机の上に置いた。

みながその音に驚き、そしてその物を注視する。

そこにあったのは――何やらドロドロとした液体の入っている瓶だった。

「シュウに作らせたわ」

「これ、何？」

「媚薬《びやく》よ」

「「「媚薬っ⁉」」」

ごくり……とみなが唾を飲み込む。

媚薬と聞いてみなが想像するものは二つある。

すなわち性欲を爆発させるものと、純粋な好意を爆発させるもの。

みながどちらを想像したのかは、その顔に浮かんでいる表情を見れば察することができるだろう。

（ごくり……あれを飲ませた隊長と強引にことに至ってしまえば……あとは責任感の強い彼のこと、責任を取ると言って娶《めと》ってくれるはず……）

（あれを飲めば……私のこと、好きになってくれるかな）

（もしそんなものがあるならぁ、私にだってぇ……）

みなの目の色が変わったのを見てから、エルルが頷く。

そしてドスンドスンと、『収納袋』から新たな媚薬を取り出していく。

全てを出しきった時、そこにはここにいる者たち全員に行き渡ってもなお余るだけの数があった。

「媚薬、と言っても別にそこまで効果が高いものじゃないらしいの。飲んでから見た女の子が、いつもより少しだけ魅力的に見えるとか、それくらいの効果しかないらしいけど……あるのとないのとでは大違いでしょ？　『通信』の魔道具にうつつを抜かしてるシュウのケツを叩きながら、なんとか完成にこぎつけたの」

エルルの言葉を聞いても、みなは顔色一つ変えない。

「こんなもののために研究時間を削られる僕の身になってみなよ……」

と散々ぼやいていたシュウに賛同してくれる人間は、少なくともこの場には一人もいなかった。

媚薬の効果はそれほど高くない？

——それで一向に構わない。

というか、それだけの効果があるなら十分だ。

みなの顔は百の言葉よりも雄弁に、そう語っていた。

「私は……できればアルノードさんには、私に振り向いてほしい。でもこの際だから……言っちゃうんだけど。もしアルノードさんが私を選ばなかったとしても、せめてエンヴィーたちの中の誰かと付き合ってほしいの」

「エルル……」

「それなら同じだけの時間を費やした私も、諦めがつくから……」

「エルル、あなたそこまで……」

「それに一人に手を出せば、あとはなし崩し的な感じでなんとかなりそうな気がするから」

「ちょ、ちょっとエルルッ!?」

それだけじゃないの、とエルルは更に『収納袋』から何かを取り出す。

そこにあったのは——水着だった。

「アルスノヴァ侯爵の持っている別荘を借りさせてもらうことにしたわ。近くには川があって、泳げる。山もあるし、釣りもできて楽しさ倍増」

「楽しさ、倍増っ——!!」

エルルとしても、本当はアルノードのことを独り占めしたかった。

けれどもうそれは無理だと、ガードナーに来てから彼女は気付いた。

いや、違う。

今まで気付かぬふりをしていたそれに、ようやく向き合うだけの決意がついたのだ。

だから彼女は自分だけではなく、自分たちの力を合わせてでもアルノードを射止めようという決心をした。

そして——。

キュッと握られた手には、もう一つの瓶が握られている。

それはここにいないとある人のためにとっておいた、最後の一瓶だ。

エルルもまた、変わり始めていた。

誰もがみな、変化している、変化を求めている。

はてさて、エルルたちの企ての結果やいかに……。

第三章 ✝ 大物

ここ最近、エルルは室内に引きこもることが多くなってきた。

理由はよくわからないが、とにかく体調が悪いといって家の中にいる時間が増えたのだ。

彼女の場合、基本何かがなければ外に出たがらないセリアやシュウなんかとは事情が違う。

エルルはそこまで内向的なわけでもないし、どちらかといえば活動的なタイプの子だ。

そんな子が閉じこもっているのだから、よほどのことなのだろう。

もしかすると今まで頑張りすぎた反動で、心も身体《からだ》も休養を欲しているのかもしれない。

定期的に見舞いに行くと元気な様子を見せてくれていたんだが……ずっと心配していたんだ。

「隊長……」

「おおエルル、どうかしたのか？」

けれど俺がソルド殿下との通信を終えて戻ってくると、彼女は今までの調子の悪さが嘘《うそ》だったかのように、いつものような活発な様子へ戻っていた。

俺に見えるようにパンフレットをひらひらさせているその様子を見れば、彼女はいつもの調子を取り戻していることはすぐにわかる。

なんにせよ、よかった。そこに記されている文字を読み取ってみると……。

「リゾート……？」

「はい、実はですね……」

早口でまくし立てるエルルの言葉を噛《か》み砕くと、どうやらこれはアルスノヴァ侯爵の粋な計らいというやつらしい。

ガードナーで仕事のストレスから解放され、のんびりライフを満喫。

そしてそのゆっくりとした時間の流れに飽きてきたところで、リゾート地への招待。

三泊四日で、川沿いの別荘の予約をしてくれているんだと。

（なるほど……エルルが復調したのはこれが原因だったか）

たしかに旅行って心躍るもんな。

もう少し頭を働かせて、エルルが喜んでくれるようなプレゼントをあげればよかったかもしれない。

いや、後悔するにはまだ早い。

どうせなら向こうで何か買って、渡してあげればいいんだから！


——というわけで、やってきましたリゾート地へ！

気分が洗われるというか……こういう旅行って、のんびりするのとはまた違った良さがあるよな！

ちなみに来た面子《メンツ》は、『辺境サンゴ』の中でも俺と同じ屋敷で暮らしている三十人弱になる。

シュウも誘ったのだが、そんなことより魔道具をいじっている方が楽しいからと断られてしまった。

なのであいつ以外の主要な面子が来ている形だ。

いつものように引っ張ってこなくちゃいけないかとも思っていたんだが、今回は珍しくセリアの方も結構乗り気だった（ちなみに、いつもだって無理強いしてるわけじゃないぞ。彼女の場合は行きたいのに外に出たくない気持ちが強すぎて外に出れていない時には、その背中を押してあげているだけだ）。

そういえば最近は別の屋敷なんかにお呼ばれしたりクランメンバー一人一人と会話をする機会が増えていて、彼女たちと一緒に遊んだりする機会は減っていたように思える。

もちろんご飯を食う時は顔を合わせるし、別に気まずくなったり疎遠になったわけではないんだけどな。それでも話す機会は、前と比べるとたしかに少なくなっている。

なのでこの三泊四日ではたくさん、話して遊んでみんなと楽しくやれたらと思う。

「アルノード隊長、ノリノリですね！」

「ああ、なんだか年甲斐《としがい》もなくはしゃぎたい気分でな」

エンヴィーの方を見ると、獰猛《どうもう》にも見える力強い笑顔を浮かべていた。きっと俺も、似たような笑みを浮かべていることだろう。

「実は昨日、あんまり寝れなかったんだよな」

「隊長……男の子って感じでかわいいです……」

ほうっとなぜか熱い息を吐いているエルルから視線を外して、ポリポリと頬をかく。

よくよく考えてみると、俺ってこういう旅行っぽい旅行は一度もしたことがないのだ。

もちろん家を出て遠出をしたり、場合によっては国をまたぐようなこともあったけれど、ほぼ全て出張か転勤だったからな。

最近も動き回っていたが、それも働ける場所を探すための放浪だったわけだし、現実的な理由で移動したことしかないわけだ。

楽しむことを目的としてどこかへ行けるだなんて、小さな頃は考えたこともなかった。

ただ生きるためにその日の飯の種を探していたあの頃と比べると、ずいぶんと遠くまで来たものだな……。

旅行に一度来るくらいでこんな風に思ってしまうあたり、まだまだ小市民ではあるんだろうけどさ。

馬車を降りたら、別荘の管理人さんや掃除をしてくれているらしいメイドさんたちと一通り挨拶をしていく。

どうやらこの施設自体、アルスノヴァ侯爵の息がかかっている場所らしく、何をしても見なかったことにするから好きにしていいという旨の説明を受けた。

権力者の力ってすごいな……。

朝昼夜のご飯が出る時間や、出てくる猫ちゃんに餌をあげてはいけないことなどの、普段は聞かないような注意事項を受けてから部屋へと向かう。

基本的に二人一部屋なんだが、みなが気を遣い俺だけ一人で一部屋を使わせてもらうことになった。


中へ入ってみると……うーん、広い。

そしてなんだか涼しい。

窓を開けて身を乗り出し、外を見てみる。

するとすぐ近くに、川が流れているのがわかった。

さすがに直《じか》には見えなかったが、さらさらという水の流れる音が聞こえてくるのだ。

水が気化しているおかげで、この涼しさを実現できているのだろう。

ただ……これ、洪水の時とか大変そうだな。

氾濫がある度に毎回建て直しているんだろうか。

いや、一応雇用の創出にはなるのか。

ただそれでも一度予算を取って公共事業として治水工事をやった方がトータルでいうと費用も安く……。

「ちょっとアルノード隊長、また真面目なこと考えてるんじゃないですかぁ?」

ふにっと腕のあたりにやわらかい感触がやってきたかと思うと、ふわりと香る甘い香りが鼻腔《びこう》をくすぐる。

俺は気付けばエルルに腕を摑《つか》まれていた。

見れば避暑地に使われるというここの土地柄に合わせてか、涼しげな印象の青いキャミソールを身につけていた。

いつもより薄着な分、色々な感覚がダイレクトに五感を刺激してくる。

「え、エルル、いつの間にっ!?」

「ノックしたんですけど、反応なかったんですもん」

背筋を使って上体を戻すと、そこにはエルルの姿がある。

肌の色がいつもよりも白く、日の光もないのに眩《まぶ》しいほどに輝いてみえる。

化粧……だけじゃないな。日焼け止めもつけているのかもしれない。

しかし……接近にまったく気付かなかったぞ。

腕を上げたな、エル――。

「ほらほら、行きますよっ!」

「ちょっ、今日はなんだか強引だなっ!?」

そして俺はエルルに引きずられながら、別荘を後にすることになる。

ゆっくりするつもりだったんだが、仕方ない。

元気なら、それでいい。

――よし、今日は俺もめいっぱい楽しむぞ！


まず最初にどこで遊ぼうか。

悩んだ結果、やっぱり川遊びだろうということになった。

幸い、今日はピーカン照りなので水遊びには絶好の日和だ。

教えられた通りの道を、シュウを除いた幹部メンバー全員で歩いていく。

ちなみにセリアは、少しつらそうにしながらもしっかりとついてきている。

「お、あれじゃないですか！」

歩いていくと、すぐに川が現れる。

のぞき込んでみると透明度もかなり高く、中を泳いでいる魚の姿がしっかり見えるほどだった。

ズボンの裾を上げて足を入れてみる。

「かなり冷たいな。水風呂みたいだ」

「ひゃっこい！　ひゃっこいです、アルノードさん」

水温もかなり低いな。

そして外の気温が高いおかげか、いっそう冷たく感じる。

深さもそれほどでもなく、俺の膝下くらいまでしかない。

この水深だと、流石《さすが》に泳ぐのは無理そうだな。

ただこれだけでも、十分に気持ちいい。

服が濡《ぬ》れないように気を付け……わっぷ！

「ちょっ、誰だ俺に水かけたやつは！」

「私です」

「私もです」

「左に同じ」

水の冷たさや水質を調べていると、いきなり背中から水をかけられる。

振り返ってみると、そこにはエンヴィー・マリアベル・エルルの三人娘の姿があった。

三人とも半袖にホットパンツを穿《は》いており、川遊び対策は万全なようだ。

ちなみにセリアはどこかから取り出した日傘を差して休んでおり、ライライは日を浴びながら酒を飲み始めていた。

とりあえずあいつが川に入ろうとしたら、なんとしてでも止めなくちゃいけないだろう。酔っている時の遊泳はガチで危険だからな。

「ほらほら隊長、被弾二ですよ！」

エンヴィーたちが手をきゅっとすぼめながら、再度水を飛ばしてくる。

どうやら手の中に入れている水を、両手を急激にすぼめることでこちらに放ってきたようだ。

今の俺は、長ズボンに半袖という大分ラフめな格好をしている。

その状態で何度も水を被《かぶ》ったせいで、着ているシャツがべちょべちょに濡れ、ぺっとりと張り付いた身体が透けていた。

俺は負けじと、服をババッと脱いでみせた。

前日に楽しみで眠れなかった俺を舐《な》めるなよ。

当然ながら下に水着は標準装備さ。

「す、すごい……」

「鍛えられた身体……ごくり……」

「……強い（確信）」

俺の身体を見たエンヴィーたちが思い思いの反応を返す。

ふっ、隙だらけだぞ。

次は俺のオフェンスターンだ。

「負けんぞっ——って、なんでだ!?」

見よう見まねでキュッと手の中に水を入れ、発射口を作る。

飛ばすために勢いよく手に力を入れると……なぜか勢いよく全方位に飛び散った水が、俺の顔の方にまで飛んできた。

俺の身体を濡らすばかりで、エルルたちの方に一切の被弾はない。

解せぬ……いったい何がいけなかったというのだろう。

プークスクスと笑う声。

見れば遠くからセリアがこちらに指を向け、惨めな俺のことを嘲笑《あざわら》っていた。

お前、見てろよ……川から少し離れているとはいえ、そこは全然安全圏じゃないからな。

とりあえず向き直り、体勢を立て直しているエンヴィーたちの方へ向き直る。

あちらは砲口が三つ、対してこちらは一。

同じことをしているだけでは、手数の差で勝つことは難しい。

今必要なのは……同時に三人を相手取ることができるだけの、圧倒的な出力だ。

判断は一瞬。

俺は組んでいた手を離し、そのまま両手を川の水へつける。

そして大人げなく身体強化《フィジカルブースト》の魔法を使ってから、思い切り掬《すく》い上げる。

「きゃっ！」

「わわっ!?」

「冷たい！」

手で押し出せないのなら、無理矢理水をぶっかけてしまえばいいのだ。

腕の力も使って勢いをつけたのもあり、結構な量の水が飛んでいった。

手のひらのサイズがそこそこ大きいおかげで、狙いをつけた水もしっかりとエンヴィーと、そのすぐ隣にいたマリアベルへとかかってくれる。

冷たかろう冷たかろう。

ふっふっふと笑いながら、エンヴィーたちの方を見る。

彼女たちの格好は、少々肌色成分が高めだ。

エンヴィーたちに目をやれば当然のごとく彼女たちの身体に目がいくことになり、男として当然の帰結として自然吸い込まれるように視線は足へ向かってしまう。

正直なところ若干……いやかなり目のやり場に困る。

とりあえず鋼の意思を持ち、無理矢理顔面に視線を固定させる。

そのせいで彼女たちの手元と足下の動きがわかりづらいが、それくらいは甘受せねばなるまい。

そして俺は、自分がしでかした失策に気付いた。

水で濡らしてしまったせいで――彼女たちのシャツが透けてしまっているのだ。

川の水でシャツが肌にぴったりと密着するせいで、その下に着ているはずの下着が……と思ったのだが、様子がおかしい。

二人ともまったく恥ずかしそうな素振りをしていない。

有事の時はともかくとして、そこまで恥じらいがない女の子たちではなかったと思うんだが……。

エンヴィーたちは俺が首を傾《かし》げているのに構わず……そのまま俺への攻撃を続けるだとっ!?

焦っている俺に対し、彼女たちは不敵に笑う。

「甘いですねアルノードさん、事前対策は完璧です！」

「とうっ！」

向こうもすぐに細かく水を出すのをやめ、俺のように腕力を使ってバッシャンバッシャン水をかけてくる。

いくら水に足を取られて動きが鈍っているとはいえ、本来ならばかわすことのできる攻撃だ。

けれど動転していた俺は、その水攻撃をもろに食らってしまう。

俺の全身が更に濡れる瞬間、ちらと視界に入った彼女たちの様子から俺は全てを悟った。

（なるほど……俺と同じく事前に水着を着込んでいたわけだな。下着じゃないから恥ずかしくないもん、というわけか）

俺からすれば水着も下着も肌色成分はそれほど変わらないと思うんだが、彼女たちにとってはそうではないらしい。

一体どんな早業を使ったのか、彼女たちは一瞬のうちに水着姿にフォルムチェンジを済ませてみせた。

「夏だ！」

エンヴィーはパレオのついた少し大胆な青の水着。

「水着だ！」

エルルは水着も白と黒のシックな感じで決まっているビキニタイプ。

「ポロリもあるよ」

「そんなものないです！」

マリアベルはなぜか『まりあべる』と書かれた真っ白な上下の繋《つな》がった水着を着用していた。

たしかスクール水着……とか言うんだったか？　水着での遊泳が活発なオケアノスで開発された機能的な水着だったはずだ。

なぜ名前が子供用の共通語で書かれているんだろうか……？

しかし水着にもかなり個性が出ていて面白いな。

「まさか俺と同じく下に水着を着ていたとは……お前らも待ちきれなかったんだな。遠出する時とか、前日から楽しみで寝付けないタイプだろ？」

「もちろん。だからさっきは馬車の中で爆睡してました」

「いびき立ててたのはエンヴィーだったのか……」

「い、いびきなんか立ててませんっ！」

肌の色が白いからか、太陽光を全部反射している感じがして、すごくまぶしい。

紫外線対策にしっかりと日焼け止めを塗ってもいるようで、いつもより二割増しで白く見える。

ちなみにセリアはというと……少し離れた木陰で、分厚いローブを着たまま本を読んでいた。

……この気温でそれは、絶対暑いだろ。

ライライは……追いついてきた他の隊員たちと酒盛りを始めていた。熱いからか、既に彼女も水着になっている。

ちなみに今回の旅には、サクラも同行している。

けど見たところ……姿はないな。

一緒に来たから、近くにはいるはずなんだが。

「……油断、大敵」

おっと、よそ見をしている場合じゃないな。

俺は軽く身体強化《フィジカルブースト》をして、先ほどより大量の水を飛ばす。

「ちょっとアルノードさん、気力や魔法を使うだなんて大人げない！」

「やられたら……やり返す！」

「遊びも全力！　エルル、本気でいきます！」

「よしこい、全部受け止めてやる！」

俺たちは魔力と気力を使いながら、全力で水遊びを楽しんだ。

水遊びに全力っていうのは最初はちょっと大人げない気もしたけど……こんくらい馬鹿やってると、流石にむちゃくちゃ楽しいな！

川辺で水をかけ合い、最終的に水魔法と魔力と気力によって強化した腕力による力攻めの戦いが終わった頃には、夕陽《ゆうひ》が沈み始めていた。

そして一日目の夜がやってくる。

日が暮れるまでエンヴィーたちと遊んだので、今度は別の隊員たちと交友を深めることにしよう。

「と、いうわけで王様ゲームをしようと思います」

「何がというわけなのかはまったくわからないぞ。それに……王様ゲーム？」

王になって領地を発展させるようなタイプのボードゲームか何かかと思ったら、まったく違った。

まずくじを引いて王様を決める。

その際、王様ではない外れクジにはそれぞれ番号が振られている。

王になった人間は、みんなに好きな命令をなんでも一つできる。

その代わり、王は直接人を指名できないという制限がある。

そしてその際に、割り振った数字を使う。

『〇〇番の人間が、今から腕立て二千回！』

みたいな形で命令を下すというわけだ。

そこがランダム要素になってくるわけだな。

でもこれ、どのくらいの命令をしてもいいんだろうか。

例えば誰かに酒を樽《たる》で飲ませてダウンさせれば、その分俺が次も王になる確率は上がるよな。

……遊ぶ時って、そういうことは考えなくていいのか。

別に勝つことが目的なわけでもなし、こういう雰囲気を楽しむことが一番大切だろう。

参加者の中に、エンヴィーたちいつものメンバーはいない。

セリアが、こういう誰かと遊ぶレクリエーションが極めて苦手なので、彼女の部屋でみんなでわちゃわちゃしているはずだ。

あいつはある程度仲良くなった人とじゃないと、部下だろうが同僚だろうがまともに話せないからな……。

今回の面子は俺、ミミィ、リリィ、アルスラ、ギネヴィアの五人だ。

同じ屋敷の中に住んでいる面子の中では、割と接している頻度は高い方の子たちである。

「ミミィが女王様！」

「リリィも女王様！」

「「クイーンが二人いたっていいよね！」」

ミミィとリリィは、双子の姉妹。

ミミィは髪を右に下ろしていて、リリィは左に下ろしている。

誰かにイタズラをするのが好きなやつらなので、時たまミミィとリリィが逆になっていたりする。

それを当ててやると、二人ともなぜかすごく喜ぶんだよな。

ちなみに戦う時は、まるであらゆる感覚を共有しているかのようにぴったりとした動きをみせる。

後ろに目がついてないとできないような動きを平気ですることもあるから、多分なんらかの特殊能力があるんだと思う。

双子の先天的な感覚共有は、たしか前例があったはずだ。

人数が五人だから、王様になる確率も五分の一。

てか、これって結構不敬なゲームだな。

政治の悪口とか言ってるわけでもないし、別に処罰とかはされたりしないだろうけど。

「……」

アルスラはマリアベルより更に輪をかけて話をしない女の子だ。

というかいつもまったく喋《しゃべ》らないので、どんな声をしているのかは俺も知らない。

布帯で目を覆っていて、髪は地面につくほど長い。

ちなみに意思疎通の際は、基本的には筆談だ。

『女王は、私』

まったく表情筋が仕事をしていないためわかりにくいが、どうやら楽しみにはしているらしい。

ちなみに彼女は目ではない第六感で世界を捉えているらしく、なぜか目が布で完全に隠れていても視界は良好だったりする。

今口を開かずとも精神に直接作用する『通信』の魔道具を作成中だから、もしかすると今後彼女

がどんな人間なのかが明らかになる……かもしれない。

「さっさとやろうよ、私も話にしか聞いたことないから、ちょっと楽しみなんだよねぇ」

ギネヴィアは褐色の肌で、俺よりも少しだけ年が上だ。

頼りになる大人の女性という感じで、このグループではリーダー的存在だったりする。

タイプが全然違うのにこの問題児たちと行動を共にしているのは、彼女がかつてリリィたちの隊の小隊長だったからである。

面倒をかけてすまないな。

「今度一緒に酒でも飲むか、色々と苦労もかけてそうだしな」

「お、約束だよ？　言質取ったから」

何やら楽しそうなギネヴィアに頷《うなず》いていると、どうやらくじの作成が終わったようだ。

箱の中に、五本の木の棒が入っている。

「赤いのが出たら」

「王様だからね！」

たしかに王様の服って、基本赤なイメージあるよな。

以前は紫染めの方が主流だったが、なんとかって花が流通してから赤染が主流になった、みたいな話を聞いたことがある。

作為的にならないようにガシャガシャと箱を振ってやると、ミミィとリリィが頬に手を当ててショックを受けていた。

どうやらこいつらは、スタートからイカサマをして王様を取りにいくつもりだったらしい。

残念だったな。

王になるのは、この俺だ。

……どうしよう、何故《なぜ》か脳内でソルド殿下ボイスで再現されたぞ。

殿下の幻想を振り切り、適当な棒を手に取る。

いっせーのーせで棒を抜き取ってみれば、そこにあったのは……ミミズののたくるような文字で書かれた二だった。

「よし、私が王様になったぞ。えっと、それじゃあ……二番が最近あった恥ずかしい話を言う」

王様になったギネヴィアに早速命令を下され、俺は何もないところでずっこけた話をして笑いを取った。

「一番が三番をぶん殴る！」

「よっしゃ行くぜ！」

「なんでまた俺……ぶべらっ！」

最初はかわいらしい命令だったはずが、途中からはどんどんエスカレートし始めていき……最終的には収集がつかなくなり、お開きとなった。

というか命令を受けたの、ほとんど俺だったんだが……こんなことがあっていいのか!?

夜には二日酔いにならない程度にしっぽりと酒を飲み、次の日は朝から川へとやってきた。

特に名前はついてないらしいので、シンプルに川と呼ばせてもらう。

今回は随行員はなしの、男の一人釣りである。

俺の目当ては、昨日メイドさんから聞いたとある噂《うわさ》が事実かどうかを検証するためだ。

なんとこの川には……ありえないほど巨大な主が出現するのだという。

明らかに誇張表現だと思うが、主のサイズは川幅ギリギリなほど大きいらしい。

そんな魚がどうやって泳ぐんだよと思わんでもないが、まぁとにかく大きいというのは間違いないのだろう。

どうせなら釣りもしてみたかったし、ゆっくり糸でも垂らそうかとやってきたわけだ。

一応釣り竿《ざお》は、竹製と鉄製の二本を持ってきている。

まずは竹竿の方で釣ってみる。

ルアーもあったが、生き餌の方が好きなので、今回は使わない。

ちなみに生き餌は、その辺の岩をひっくり返して手に入れたミミズである。

「……おっ、手応えあり」

釣り針を入れてそれほど時間が経《た》たないうちに、手に重たい感触が来る。

竹が折れないよう力加減には気を付けながら引き上げると、無事に釣れた。

釣り針が口あたりを貫通している。なんかえらのあたりが虹色に光っている魚が釣れた。

その後も釣り針を垂らせばすぐに魚が食いついてくる。

どうやらここの魚は人に慣れていないらしい。

わざわざこんな別荘まで来て、釣りをしている人間はそれほどいないみたいだ。

魚というものは、結構賢い……らしい。

俺の釣りの知識は、釣り好きのクランメンバーであるトウジってやつ発信のものなので、俺自身はまったく詳しくない。

ただ魚釣りに来る人がいっぱいいるような場所だと、釣られてしまうことに気が付いて、餌に食いつかなくなるらしい。

釣りとは魚と人間との知恵比べなのだ、と彼は言っていた。

ちなみにトウジは休みの日には必ず釣りに出掛けている。

そしてもらっている給金の大半は、釣りグッズに使っているので真性だ。

とりあえず人慣れする前に、じゃんじゃか釣った方がいいだろうな。

後で他の隊員も引き連れて来てみようか。

みんなで釣りの大会をして、釣果を競ったりしても面白いかもしれない。

もう数匹ほど釣ったところで、俺は本来の目的を完全に忘れていることに気付いた。

いかんいかん、俺が目指すのはあくまでも話に聞いたこの川の主だ。

それ以外はアウトオブ眼中、主一本狙いだったはずじゃないか。

鉄製のぶっとい釣り竿を持ち、多分蜘蛛《くも》型魔物の糸を使っていると思われる釣り糸を伸ばす。

どこらへんに投げたらいいかわからないので、とりあえず遠くに投げてみた。

すぐにヒット。

引き揚げてみるが、もちろん釣れたのは普通の川魚だった。

普通の生き餌だと、魚に食われるな……。

主がどういうものを好むのかがわからないし、色々試してみるか。

俺の見立てでは、主は十中八九魔物。

魔物が好きなもの……よく考えるとまったく知らないな。

戦う相手の食べるものとか、普通は興味持たないだろう？

ただ魔物って、共食いもするし、別の種族同士で争ったら、敗者を生きたまま食らったりもする。

となると使う餌は、魔物の素材の方がいいか。

ゴブリンはゴブリンの肉をそんなに食わない。

けれどオークやオーガの肉はわりと普通に食っている。

となると魚系の魔物以外のものにした方がいいだろうな。

普通にオーク肉とかにしとくか。

餌の大きさは、どうするべきか。少し悩んだが、手のひらにギリ乗らないくらいのブロック肉にした。

巨大な魚となると、小さな肉では見向きもされないだろう。

けどデカすぎたら食いつかないし……ということで、まずは少し小さめだ。

実際に主に遭遇することができたら、またそのあとで微調整すればいいしな。

「あ、隊長。調子はどうですか？」

後ろから声がかかり、振り返る。

まだ朝早いはずだが、どうやら俺と似たようなことを考えるやつがいたらしい。

するとそこにはエルルの姿があった。

まだ肌寒い朝だからか、ホットパンツではなくカットパンツを穿いている。

「そういえば、体調の方はよくなったか？」

「はい、絶好調です」

力を込めながら腕を曲げると、むきんと控えめな力こぶが浮き出てきた。

エルルの身体は長い戦場暮らしで筋肉質ではあるが、筋肉がつきすぎているわけではないため、かなり均整が取れている。

ボディラインが出るような服ではないはずなのにきっちりと身体のラインが浮き出ているのは、彼女のスタイルの良さの証明だろう。

こっちに来る前と比べると顔からも険が取れて、どこかやわらかい印象になったような気がする。

「やってみると入れ食いでな。ほら、バケツ見てみてくれ」

「わあっ、すごい！　釣りまでできちゃうなんて、流石隊長です！」

「釣果がいいのは結構なことなんだが……肝心の主の方はさっぱりでな」

「あれって、使用人の噂話じゃなかったんですか？　隊長は本当だと？」

たしかにエルルの言う通り、メイドたちは話半分にでも聞いておいてくださいねと前置きをしてから、主の話をしていた。

もしかするとやってきた人たちに川に興味を持たせるための作り話なのかもしれない。

だがせっかくなら信じてみたいじゃないか。せっかく遊びに来たんだから、なんでも真剣に楽しんだ方が面白いに決まってる。

「隣、いいですか？」

「ああ……」

釣り竿を見つめがなら腕を組んでいると、隣にエルルが腰掛けた。

ふわりと良い香りがして、少しだけ心臓の音が早くなる。

「……」

エルルは何も言わず、俺の横顔を見つめていた。

横目から見るだけで、どこか母性のこもった優しい表情をしているのがわかる。

なんとなく気恥ずかしくなるが、別にすることもないのでそわそわしながら釣り竿を見ていることくらいしかすることがない。

別荘に来てから、彼女はわりと本調子に戻ってきている。

両手で顎を押さえながら、俺のことをその大きな瞳でじーっと見つめている彼女は、いつもと同じ様子にしか見えない。

「俺の顔に何かついてるか？」

「顔がついてます」

何が面白いのか、エルルがカラカラと笑い出す。

なんとなく釣られて、俺の口角も上がった。

彼女の方を見ると目が合う。

そのままどちらともなく、視線を釣り竿へと移した。

竿を見続けるが、相変わらず強烈に食いつかれたような感触はない。

ちょんちょんと微妙に動いてはいるんだが、多分あれはブロック肉を魚たちがつついて食べているだけだろう。

もうちょっとしたら一度上げて、肉を替えた方がいいかもしれない。

「魚、どうせなら今ここで食ってく？」

「……いいんですか？」

「どうせ人数分はないし、それなら今食った方が問題が起きなくていいだろ」

人間が生活音を立てると魚は逃げていくらしいが、まさか主が焼き魚を作るような小さな音で逃げるほど、小胆なはずもない。むしろ良い匂いを漂わせれば、それに釣られてやってくるかもしれない。

『いっぱいハイール君』から加熱用の魔道具を取り出し、その上に魚を乗っける。

焦げ目がつくくらいまで焼いたら裏返して、もう一度裏を見て良く焼けていれば完成だ。

実はこうして獲《と》れたての魚を食うのは、これが初めてだったりする。

泥抜きした川魚の煮付けとかなら食ったことはあるけど、そもそも釣り自体ほとんど初めての経験だからな……とりあえずしっかり加熱はしたから、腹を下す心配はないだろう。

最悪毒性があっても、魔法も解毒剤もあるしなんとかなるはずだ。

川魚は癖が強い物が多いと聞くから、とりあえずハーブの入った塩を振ってみる。

匂いは……今まで食べてきた普通の海水魚と変わらないな。

「いただきます……（もぐもぐ）」

とりあえず食べてみる。

……うん、美味《うま》い。

旨《うま》みがあるというよりは、あっさりとした味がする。

軍隊飯に慣れていたせいで最初のうちは薄すぎるような気もしたが、それも食べているうちに慣れてきた。

二匹目に手をつけ、色々と調味料を使って味変をする。

自分が釣った魚だからなのか、五割増しくらいで美味く感じる気がした。

「大自然を見ながら、釣った魚を食う。なんというか……自然に包まれて、自然の中で生きてるって感じがするな。ほれ」

「あ、ありがとうございます……」

串に刺して焼いた魚を渡す。

さっき俺が毒味をしたので、毒の方も問題ないだろう。

「わ……美味《おい》しい」

魚というのは、基本的に高級なものだ。

保存技術がそこまで高くないが故に、魚が腐るまでの範囲でしか流通しないからな。

「リンブルでも西寄りなら魚も安く手に入るだろう。『収納袋』を使ってもらって魚を仕入れてもらうこともできるだろうし、魚料理にも手を出してみるか？」

「そうですね……塩辛くない海水魚も食べてみたいかもしれないです」

内陸に暮らす者たちが食べるのは必然塩漬けの魚になってしまう。そのせいで魚に苦手意識を持つ者も多いのだ。恐らくはエルルもその口だったのだろう。

バルクスは内陸だったこともあり、うちで出る飯も基本肉料理ばかりだった。

魚系を試す機会はほとんどなかったが……シンプルな味付けでこれだけ美味しいのだなら、もうちょっと魚料理にも手を出してみてもいいのかもしれない。

デザントにいた頃は食事代が高いから尻込みして食ってなかったけど、今なら財布は気にしなくていいし。

「もう一匹食べるか？」

「いえ、これ以上は昼ご飯が入らなくなりそうなので……」

「そういえばご飯は作ってもらえるんだっけ？」

「はい、お願いすれば部屋にも持ってきてもらえるみたいですよ」

エルルと談笑しつつ、釣った魚を新たに魔道具に乗せる。

あと二匹しかいないので、せっかくだから食べることにしよう。

これくらいなら、食べても朝飯に支障も出ないだろう。

魚醬《ぎよしよう》を使って焼いてみると、ものすごく良い匂いが漂ってきた。

くうぅ、思わずよだれが出てきそうな香ばしい匂いがしやがるぜ。

さて、それじゃあさっそく食べ――。

「あ、アルノードさんっ！　竿が、竿が物凄《ものすご》くしなってますっ！」

「うおっ、本当だ！」

見れば極太の釣り竿が、まるで先っぽだけを強引に引っ張られている時のように大きく曲がり始めている。

こんなバカでか釣り竿をここまでしならせるとなると、さすがに主しかないだろう。

どうやら本当に匂いに釣られてやってきたらしい。

引きずられ少し位置が変わった持ち手を急いで摑み、これ以上川に引っ張られないように腕に力を込める。

「こいつっ、かなり重いぞっ！」

まず何もせずに引き上げようとすると、身体が逆に持っていかれそうになるほどに強かった。

即座に気力によって身体能力強化を発動。

だがそれでも……まだ足りないか！

気力によって出力が上がるスピードは速くないから、このままだと俺の力が上がりきる前に負けてしまう。

だからといって魔闘気を使うためには集中する時間がいる。

そしてこの主はそれを悠長にまってくれるほど殊勝なやつじゃない。

即座の判断で俺が取った行動は――救援要請だった。

「エルルッ、こっちに来てくれ！」

「は、はいっ！」

持っている部分を少し上の方に変え、エルルを俺の前に。

一人では駄目でも、二人でならきっとできるはずだ。

「行くぞエルル、全力だ！」

「はいっ！　うおおおおおおおっ！」

「ふんぬううううううっ！」

俺とエルルは二人がかりで、とにかく竿を引っ張った。

釣りにおいて大切なのは押し引きだ。

ただ引っ張るだけでなく、糸が切れてしまわないよう敢《あ》えて相手側に譲る必要もある。

適宜糸を伸ばしたり縮めたりしながら、徐々に主がこちらに来るように心がけていく。

釣りは戦いであり対話だとトウジは言っていたが……まさしくその通りだな。

最初に力を出しすぎれば、魚は逃げてしまうとも言っていた。

けれど俺たちの場合、出力が徐々に上がっているからな。

ちょうどそれがベストな形でマッチしてくれている。

「ふんぬううっ！」

「あ、見えてきました！」

必死に歯を食いしばりながら釣り竿を持っている俺の目の前にあった魚影が、たしかにかなり大きくなっている。

このサイズ感はたしかに……ちょっと普通じゃないぞ。

影はどんどん大きくなっていき——そして影の大きさが川幅を明らかに超えて、川縁の部分に影が映るという謎の現象が起こっていた。

「な、なんですかこれっ!?」

「多分この主は空間属性の魔法を使える！　『収納袋』と同じ原理だ！」

この主の目撃情報が食い違っているのは、恐らくこの主が亜空間を拡《ひろ》げて、自分の身体を空間の膜の中に取り込んでいるからだろう。

普通は生き物を空間魔法で作る亜空間の中には入れられない。

もしこの主を生きたまま捕らえて研究することができれば、生物を『収納袋』の中に入れることができるかもしれない。

これは絶対に釣らなくちゃいけないな。

こちらが引くと、あちらが更に強い勢いで引く。

グルグルと、明らかに川幅よりも大きな魚が、その場で回遊を始める。

主のサイズと川のサイズが合っていないせいで、あり得ない光景が目の前に広がっていく。

川の横の丸石のあるあたりから水跳ねのような現象が起こってたりと、起こる現象がいちいち軽くホラーだった。

川に映る魚影が半分に切れたり、尻尾しか残らなくなったり。

明らかに地面の部分に魚影が移動し、釣り針が土の中に埋まっているように見えたり。

釣り好きからすれば、こんなものが釣りであってたまるかと言いたくなるような不思議な光景が繰り広げられている。

「ぐっ、あと……」

「少し、ですっ……」

だが着実に、俺たちと主の距離は近付いていいた。

そして魚影が更に大きくなり……。

ザパンッ！

「おっ！」

「見え――」

水しぶきが上がり、主の顔が一瞬だけ見える。

顔に角張ったシワが刻まれている、灰色の魚。

えらのあたりがピンク色で、そのサイズは想定していたよりも一回りも二回りも大きい。

再度主は潜行し、俺たちは再び格闘へと戻ろうと――。

ブツンッ！

けれど俺たちが釣り上げることに成功するよりも早く、釣り竿の方が耐えられなくなってしまった。

糸が千切れ、同時に鉄製の竿の方にも限界が来て、ボキリと大きな音を立てながら折れてしまった。

た。

そして勢いよく後ろに竿を引いていた俺たちは、力の行き場がなくなったことで大きく後ろに吹っ飛んでしまう。

その間に主の影はどんどんと小さくなっていき……そして消えてしまった。

くっ、失敗したか。

鉄では駄目だったらしいから、もしやるんなら主釣り用にミスリル製の竿くらいは作らないといけないかもしれないな。

ゴロゴロと転がっていた俺とエルルは、立ち上がって砂を払う。

そして向き合って……どちらからともなく笑い出した。

「面白かったです！」

「おう。釣りとは別の遊びだったような気もするけど……たしかに面白かったな」

主との激闘の後に普通の釣りをする気にもならず、俺とエルルはその辺をぶらつくことにしようという話になった。

「エスコートして下さい」

「ああ、わかったよ」

エルルの手を取って歩き出す。

俺たちは日差しを浴びながら川縁を散歩し始めることにした。

さらさらと流れる音が、鼓膜を心地よく揺らしてくれる。

川の流れが激しいからか、結構な頻度で水が飛び散り川縁のあたりにある土は少しだけ色が濃くなっていた。

そのおかげで天然の打ち水のようになっており、周りと比べると少しだけ涼しくなっている。

「どうせなら足だけ浸《つ》かりません？」

「いいぞ、革靴とか履いてるわけじゃないし」

「もう、本当にアルノードさんはいっつも一言多いですね」

「じゃあなんて言えばいいんだ？」

「うん、俺もエルルと一緒に川で遊びたいな……ですかね」

そんな恥ずかしいことを言わなくちゃいけないのか!?

……いやでも、よく考えてみれば。

女の子ってわりと、そういうストレートな言い方が好きだったりするよな。

だとしたら俺が今までモテてこなかった原因は、そのあたりの配慮の足りなさにあったのか
……？

「俺もエルルと一緒に川遊びがしたいぞ」

「及第点です、それじゃあ一緒に行きましょう」

なかなか採点の厳しいエルルを連れて歩き出す。

釣り道具は『収納袋』に入れているため、手は塞がっていない。

だからなのか、エルルは空いている俺の右手をキュッと握ってきた。

少し迷った結果……握り返さず、されるがままにされる。

意気地のない俺を笑ってくれ。

ほとりで水をパシャパシャやりながら、けれど昨日のように激しく水しぶきを上げたりはせず。

水の冷たさを楽しみながら、笑顔のエルルを眺めて時間を過ごす。

会話はそんなに上手《うま》い方じゃないから、俺はもっぱら聞き役だ。

それに今日はエルルを楽しませたい気分だからな。

聞くより話している側の方が、大抵は楽しいもんだ。

「で、ですね、その時セリアが……」

俺らの共通の話題は戦いかクランメンバーのことばかり。

こんなところに来てまで血なまぐさいことを話す趣味もないので、話題は自然とメンバーのことになる。

今エルルが話しているのは昨日俺が王様ゲームをしている間に、セリアの部屋でみんなが何をしていたのかについてだ。

どうやら彼女たちは女子会をして楽しんでいたらしい。

セリアは同じ幹部メンバーたちからは、マスコット的な扱いを受けている。

セリア自身にはほとんど戦闘能力がないため一緒に肩を並べて戦ったりすることはないから、戦友という感じは薄いのかもしれない。

身長もちっちゃいし、真っ白な肌と赤い瞳っていうのはどこかお人形さんみたいだからな。

見た目に気を遣えばもっと綺麗《きれい》になれるんだろうが、彼女は決して黒ローブを脱ぐことはない。

一度本気でおめかしとかをさせてみたら、もっと化けるんじゃないだろうか。

うんうんと相槌《あいづち》を打ちながら、話を聞く。

長いのでずっと集中なんてできるはずもなく。

ところどころ聞き逃している箇所はあるけれど、そんなことはおくびにも出さずにわかっているぞという顔で頷きを返す。

人とのコミュニケーションって、割と嘘も方便なところがあると思う。

気付けば俺たちは川から上がっていて。

比較的近い場所にある大きな石の上に腰掛けて、向かい合って話をしていた。

エルルの顔が、かなり近いところにある。

こんなこと、今までも何度もあったはずだ。

なんなら傷ついた彼女を抱き上げたり、おぶったりしたことだってある。

けれど自分が置かれた状況に、俺はなぜか緊張していた。

有事の際はなんともなかったはずなんだけどな……。

どうして急に、こんな風に意識しているのだろうか。

そろそろをいい人を見つけなければ、という思いが頭から離れないせいかもしれない。

婚活の二文字が、目の前にいるエルルが異性なのだということをどうしようもなく意識させていた。

俺がもし結婚するとしたら、間違いなく仕事に理解のある人ではなくてはいけないだろう。

俺は元貴族で、軍人上がりで、現職は冒険者だ。

一般的な仕事に就いている女性と結婚したとしても、価値観の違いはなかなかに埋めがたいものに違いない。

とすると、未婚で若い女性の沢山いる『辺境サンゴ』の女性陣は、俺からすると有力な結婚相手の候補になってくるはずだ。

メンバーのみんなも俺のこと、割と慕ってくれている……と思う。

さすがに愛慕とまではいかないと思うけれど。

エルルは俺のこと、どう思っているんだろうか。

彼女も他のほとんどのメンバーと同じく、美人でスタイルもいいのに、何故だかそういう浮いた話をまったく聞かない。

気になったらそのままにはしておけないのが、俺の性分だ。

なので俺は勇気を出して、聞いてみることにした。

「なあ、エルルって……俺のことどう思ってる？」

「え……」

エルルは合わせていた視線をふいと逸《そ》らし、顔を俯《うつむ》かせる。

そして両手を重ね合わせ、にぎにぎしてから、こっちへ向き直した。

彼女の耳は赤く染まっていて。その瞳は、少しだけ潤んでいるように見える。

いきなりの変化に戸惑っている俺に余裕が生まれるよりも早く、エルルは告げた。

「大好きです。私アルノードさんのこと、ホントのホントに大好きです」

「そ、そうか……」

その好きっていうのは、あれだよな。

恋愛的な方向ではなく、友人としてとか良き上司としてとかの、そういうあれだよな？

そんな風に考えていた俺の予想を、エルルは真っ向から木《こ》っ端《ぱ》微《み》塵《じん》にする。

「アルノードさんのことが、好きです。頼れる隊長や信頼できる上司としてじゃなくて……一人の男性として好きです」

「――っ!?」

それはあまりにも直接的な告白だった。

エルルが俺のことを……好き？

いや、もちろん好かれていることはわかっていた。

好意的な視線を向けられることは多かったし、俺が別の隊員と仲良くしているのを見てジェラシーを感じているような場面もあったからな。

でも俺はその好意は、頼れる兄が遠くへ行ってしまう妹がそれを嫌がるようなものだとばかり思っていた。

でもエルルは異性として、俺のことを好きなのだという。

そう言われると、何故か胸のあたりにつっかえていたものがストンと落ちた気がした。

少し考えてみると、思い当たるようなことがいくつもあったのだ。

異性から多くの誘いを受けても、未《いま》だエルルがフリーでいるのは何故なのか。本来であれば真面目で、冒険者稼業より騎士や従士としての方が向いていそうな彼女が、それでも何故『辺境サンゴ』に居続けてくれているのか。そんなの、理由は一つしか考えられないではないか。

以前寝床にやってこられたことも何度かあった。俺が自制心を総動員してなんとか何もせず耐え抜いたことも、一度や二度ではなかった。あれを俺は、彼女がそれだけ俺のことを信頼してくれているから、無防備な姿をさらしてくれているのだと思っていた。

だが、とんだ勘違いだったようだ。

エルルは何かと俺についていこうと頑張ってくれていたし、外様《とざま》の人間には見せないような満面の笑みを俺に見せてくれていた。ここまでやられて、なぜ今に至るまで気付いていなかったのだろう。

（……こうやって冷静に考えてみると、あまりにも思い当たる節が多すぎるな）

俺は……朴念仁なんだろうか。

……いや、違う。きっとそうじゃない。俺は自分に、言い聞かせてきたのだ。

もしかしたら彼女は俺のことが好きかも……なんて考えてることがないように。

『まさか俺なんかのことを、誰かが好きになってくれるはずがないだろう。思い上がるなよ、アルノード』

そんな内なる声に従い、俺は決して勘違いをしないよう自分を戒めてきた。

以前告白してフラれてからというもの、俺は基本的に恋に奥手だった。

自然、相手の好意にも鈍感になり、行動にもブレーキがかかっていたんだろうな……多分。

「そうか、エルルは俺のことが好き、なんだな……」

「はい、伝わりませんでしたか？　結構恥ずかしいこととかもした記憶があるんですが……」

エルルに迫られた時のことを思い出す。

「こんなのもう裸じゃないか！」というようなスケスケのネグリジェで一緒に寝て下さいと言われたことが何度かあった。

そういうんじゃないそういうんじゃないと必死に自分に言い聞かせて、なんとか何もせず添い寝をして朝を迎えてきたんだが……そっか、別にあの時もそんなに無理して我慢する必要はなかったのか。

「考えてみれば……うん、そうだな」

「アルノード……は、今好きな人とかいるの？」

急に呼び捨てにされて、思わずドキッとする。

サクラがしているからいいじゃないですかと言われると、たしかにと頷かざるを得なかった。

彼女は公私をきちんとわけてくれるタイプだから、いざという時におっちょこちょいをすることもまずないだろう。

それなら私的な場では、好きに話してくれて構わない。

人の目があるところでやられたりしなければ、なんでもいいさ。

「好きな人か……それがいないから、婚活とか頑張ってみようかなって思ってるんだよな」

「ほら、婚活なんかせずともこんなにかわいい女の子が『好き好きちゅっちゅー』って言ってるよ？」

「いや、ちゅっちゅーとは言ってはないだろう……」

「ちゅっちゅー」

「後付け!?」

時刻はまだ昼。

川にキラキラと陽光が反射して、かなり眩しい。

そんな反射光を背にしたエルルは、まるで物語の女神様のようにきらびやかに見えた。

今までずっと言うのを我慢してきたからなのか。

今のエルルは、なんだか吹っ切れていた。

「アルノード、前に言ってたよね。好きな女の子のタイプについて」

そんなことを言っていたことがあっただろうか。

自力では思い出せなかったが、エルルに言われて「ああ、そんなことを言ったことがあったかもしれない」とようやく脳裏に思い浮かべることができた。

『かわいくて、家庭的な子かな。あと何かを頑張ってる人は素敵だと思う』

うん、たしかに言ったな。

そしてこの条件……恐ろしいほどにエルルに合致している。

え、俺が好きな人って、もしかしてエルル？

そう思ってしまうほどの完全な一致だ。

「私は割とそこの条件は満たしてると思う。だから……付き合ってくれると、嬉《うれ》しいな」

「俺は――」

「別に今すぐ答えを出してほしいわけじゃないの。それに次会った時は、いつものエルルに戻ってるから……」

キュッと手を繋がれる。

いわゆる恋人繋ぎというやつだ。

そして、頬に小鳥がついばんだような軽い感触。
何をされたか理解した時には、既にエルルは数歩離れた距離にいた。
「——また、あとで！」
顔を真っ赤にしていたエルルは、それだけ言うとすごい勢いで走っていってしまった。
俺はぽつんと一人で残される。
答えを出す間もなかった。
エルルももしかしたら、今答えを出されるのが怖かったのかもしれない。
「……」
俺は何も言わず、何も考えることができず。
ただ頬だけが、妙に熱くて。
先ほどの感触が残っている頬に、自分の手のひらを当てるのだった——。

「……」

「……（もじもじ）」

別荘に帰ってきてからというもの、俺は妙に気まずくてエルルと目を合わせていなかった。

彼女の方はもっと露骨で、俺の方を見てからあからさまに顔を赤くして俯《うつむ》いて……というのをもう何度も繰り返している。

こんなのもう、何かあったと白状するようなものだ。

みんなは優しさから何も言わずにいてくれているが……恐らくというか間違いなく勘付いているだろう。

「アルノードは今日これからの予定とかあるのか？」

「……いや、特にないな」

サクラは鈍感なのか押しが強いのか、なんとなく生まれている空気の変化を気にせずに話しかけてきてくれる。

妙に圧のある沈黙がこの場を支配していたので、正直ありがたい。

「それなら私と適当に山登りでもしないか？」

「ああ、いい――」

「ちょっとマンタ！」

割り込んできたエンヴィーが、ふよふよと両手を動かしている。

どうやらマンタの真似《まね》をしているらしい。

待ったとマンタをかけたのか……百点満点中、九十五点だな。

「私も隊長と遊びたいです！」

「……私も」

「私もですぅ」

「それなら最後は私と酒でも飲もうカ？」

マリアベル、セリア、ライライを皮切りに、ハイハイとみんながすごい勢いで手を上げ始める。

そこには何故《なぜ》か、昼まで一緒に遊んでいたはずのエルルの姿もあった。

「ちょっとエルル、あんたが再度挙手するのはおかしいでしょ！」

「二度遊んじゃいけない、というルールもないでしょ」

「いいからここは私たちに譲りなさい！」

「大人げない、エルル」

「みんなの思いやりを無下にするなんてぇ……」

「うぐっ、そ、それを言われると……」

だが何やらごしょごしょしていたあと、気付けばエルルは引き下がっていた。

人数は合わせて九人ほど。

けれど俺の身体《からだ》は九個もないし、半日で全員と遊びに行くだけの時間的な余裕もない。

「アルノードさん、どうにかしてタイムリープして全員と遊んで下さいよぉ」

「おま――無茶言うなって。空間魔法と時間魔法は、時空って言い方で一括《ひとくく》りにされてるけど、完全な別物だからな」

俺は『収納袋』を作るのに必要な空間魔法であれば問題なく使うことができるが、時間魔法についてはまったく扱えない。

『収納袋』につけられる『遅延』とかの能力も、厳密には空間魔法だからできることなんだよな。

「よおしっ、それならうちらで揉《も》め事《ごと》が起こった時に、決める方法は一つだけ」

「コインの裏表で決めるのカ?」

「そんなまどろっこしいことするわけないでしょ！　バトルよバトル、勝ったやつだけがアルノードさんを手に入れることができる」

俺は景品なんだろうか……。

いや、別にみんなに遊びたい遊びたいって言われるのは素直に嬉《うれ》しくはあるんだが……人気者はつらい、ってことなのかもしれない。

「えぇ～、またですかぁ」

「たまには別の方法でも……」

もし戦いで決着をつければ、エンヴィーたちが勝つのは疑いようがない。

なので他の子たちは、なんとかして別の方法に持ち込めないかと考えているようだった。

たしかに、エンヴィーは何をするのも戦いで決めがちだよな。

それなら……そうだ、あれがあるじゃないか。

俺は収納袋から、木材を切り出し、まずはシュッシュッと樹皮を削《そ》ぐことにした。

いったい何をして遊ぶ相手を決めるのか。

喧々囂々《けんけんごうごう》のやり取りをしているみんなの議論が白熱しているうちに、作業を進めていくことにした。

木材を上から眺めて、大体どんな風に等分すればいいのかあたりをつけるために、炭で軽く目印をつけていく。

「だったらここは全員で遊ぶという手も……」

「否！　闘争こそが人間の真価！　戦って勝ち取った物だからこそ、大切にしようと思うものよ！」

「そんなむちゃくちゃな……」

とりあえずオリハルコンソードでサクサクと斬っていく。

座ったままで、音も立てずに簡単に裁断できる。

やっぱり魔力含有金属というのは偉大だな。

あっという間に合わせて十本の角材ができた。

（ただこれだとまだまだサイズがでかいな……）

片手で持てるように半分、もう半分と刻んでいく。

これくらいでいいかなと思うタイミングで、まずは角を落としていく。

次に剣を辺に沿って動かしていき、軽く丸みを帯びさせた。

最後にやすりで削ってしまえば完成だ。

俺の目の前には、十本の細い丸棒が誕生していた。

我ながら、なかなか良くできたと思う。

「……ん、もう話し合いは終わったのか？」

作業に満足して、腕を組みながらうんうん頷《うなず》いていると、気付けば喧噪《けんそう》はやんでいた。

見ればみんなが、俺の作業の方に意識を向けていたらしい。

「隊長、それ何ネ？」

「ふふふ……つまりこういうことだ」

俺は朱色のインクのついた絵筆を取り出し、棒のうちの一本の端を赤く塗る。

「王様ゲームで勝負と行こう！」

俺が誰を選んでも不満が残るだろうから、ここはゲームか何かで決めておきたい。

そしてゲームと言われて俺が思い浮かべるのは、つい前日やったばかりの王様ゲームだった。

「隊長……王様ゲームに、勝ち負けはありませんよ？」

「……たしかに。それなら一番多く王様を引いた順にするか」

ちょっと我に返ったが、すぐに方針転換。

くじ引きで決めるついでに、王様ゲームで遊んでしまうことにしよう。

休暇なんか、楽しんだもん勝ちだ。

なんでも楽しくやった方がいいだろう。


今回の王様ゲーム、その参加メンバーを紹介していこう。

まずはエンヴィー・マリアベル・セリア・エルル・ライライの元隊長たちに、新メンバーのサクラを入れて六人。

そこにもう三人、俺と同じ屋敷にいる面子《メンツ》が入る形である。

「それではまずは私が最初に」

一人目はヨリーレ。

スラッとした形の眼鏡をかけている、いかにも真面目そうな女性だ。

曲がったことが大嫌いな、職場の事務仕事とかでブイブイ言わせてそうなタイプである。

「それじゃあ次は僕だねっ！」

ポニーテールを揺らしながら棒を抜いたのはイオ。

元気っ娘《こ》で身長がちっちゃめ。

多分小さい頃とかは、男の子に交じってちゃんばらごっことかをしていたタイプだ。

「おーっほっほ、次は私ですわね！」

三人目はマフィン。

サクラやオウカなんかよりも物凄《ものすご》いお嬢様言葉を使うくせに、実家はゴリゴリの農家という面白い女の子だ。

高飛車なお嬢様みたいな態度を崩さないが、実は結構交友関係が広い。

多分、実際の所はめっちゃいい子なんだと思う。

そこに俺を合わせた十人が、今回の参加メンバーだ。

本来なら元『七師』で結構すごいはずの俺が、一番キャラが薄く感じてしまうこってり具合だ。

正しく粒ぞろいと言える。

エンヴィーたちもどんどんと棒を取っていき、俺は最後に残った一本を選択。

みんな俺が指定していた通り、棒の下の部分は隠してくれている。

「それじゃあ行くぞ。せーのっ――――」

「「「王様だーれだっ！」」」

下に書かれているものを確認――そこにあったのは六の文字。

くそっ、王様じゃなかったか。

いったい誰が――。

「私が王様ですわぁーーっ！」

「じょ、女王様だ！　マフィン女王！」

「おーっほっほっほ！」

「わっ、僕は三番だったよ！」

一番それっぽい人に当たったな！

そしてイオ、それを言っちゃうのはルール違反だぞ！

「こほん、えーっとそれでは……五番が最近あった一番嬉しかった話をしてくださいませ」

マフィンは見た目と言動を除けば良識のある子なので、イオのポカは見なかったフリをするらしい。

そういうところ、ホント常識人だよな。

五番は誰か……と思いみなが視線をさまよわせると、エルルが手を挙げる。

「え、えええっと……」

エルルはきょろきょろと周りにいる面子に目を向けてから、次に俺を見て、ちょっとだけ頬を赤らめる。

――なぜかわからんが、嫌な予感がした。

さぶいぼが立ち、俺の本能がそれはダメだと警告する。

俺を見てはにかむエルルを見て、彼女が何を言うつもりか察してしまった。

止めようと思ったが……残念なことに間に合いそうにない。

「アルノードさんと恋人繋《つな》ぎをしたこと……ですっ」

ポッと頬を赤らめて言うエルル。

彼女の言葉に、誇張抜きでその場が凍った。

そして氷点下のようになった室内を、静けさが包み込む。

「隊長……？」

「そ、それはどういう……」

「――ごくり」

これは俺に説明義務があるんだろうか……。

なぜ王様ゲーム一発目から、こんな波乱の展開に……。

当たり障りのない説明（エルルの告白は除く）を終えて、再び箱の中に棒を入れる。

先が思いやられる展開だ。

「「王様だーれだ！」」

俺の番号は――二番、残念ながらまた王様にはなれなかった。

「お、私が王様ネ」

今回王様になったのはライライだった。

彼女は既にほろ酔いのようで、真っ白な頬がわずかにバラ色になっている。

なぜだろうか。

彼女の命令が、ろくでもないものになる気しかしないんだが。

「えっとそれじゃあネ――全員、酒を一杯飲む！」

王様の言うことは絶対ネと言いながら、ライライがみなの前に杯を置き、酒を注いでいく。

一杯をなみなみと……しかもこれ、ワインだ。

ぺろりと舐《な》めてみると、水を混ぜている感じもしない。

結構度数高いぞ、ホントに大丈夫か？

みんながライライに言われるがまま、酒を飲み始める。

俺、彼女たちがどれくらい酒に強いかは知らないんだが……これ三回目以降、どうなるんだ？

みなは酒を飲み干すと、明らかに異常を来し始める。

目が据わっていたり、笑っていたり、なぜか泣き顔になっている子まで……。

どうしよう、既にヤバい気配しかしないぞ……。

「「王様だーれだっ！」」

次に引いたのは――三番だった。

まだ王様が引けないか……いい加減きたっていいはずなんだけどな。

「やたっ、私が王様！」

次に王様になったのはエンヴィーだった。

彼女の頬は初めて人に言うことを聞かせることの喜びからか、バラ色に紅潮している。

「えーっとそれじゃあ……五番が七番の頬をビンタ！」

「ほい来たっ、私が五番ネ」

「おーっほっほっほ、私が七番ですわぁ！」

五番がライライ、そして七番がマフィンだ。

ライライは既に酔っ払い、出力がバカになり始めている。

これは少しマズいぞ……。

マフィンも扇で口許《くちもと》を隠してはいるが、若干震えている。

多分扇の下は、引きつっているだろう。

目元もピキピキッと動いている。

「ほぉれマフィン、気張るネ！」

「ここここの人、本気ですわあああああああっ!!」

ライライは跳躍し、グリフォンのようにしなやかに着地。

そして思いきり身体を捻《ひね》ってから、鞭《むち》のように腕を振る。

バチイイイインッ！

物凄い音が鳴り、マフィンの首と胴体が離れてしまいそうなほど強い衝撃が走る。

首が持っていかれそうになっていたマフィンは、ボールのように吹っ飛んでいく。

「ですわああああああああああああああっ!!」

そしてですわという言葉だけ残して、別荘を貫通してどこかへ飛んでいってしまった。

あとにはマフィンの形になった、妙にシルエットが豪華な穴だけが残った。

……後でちゃんと、請求書もらおう。

「じゃあいくぞ、せーのっ!」

「ちょ、ちょっと待てアルノード! あの子を拾ってきた方がいいんじゃないか?」

「いや、マフィンならなんとかなる。だから俺は、このまま王様ゲームを続行する」

「なんでそんな変なところで頑《かたく》ななんだ、お前はっ……!」

まだそれほど親しくないメンバーが多いからか、どこか肩身が狭そうだったサクラも、今の一撃を見て色々と吹っ切れたらしい。

心配そうな顔をしてはいるが、グッと拳を握っているその姿はどこか楽しそうだ。

「マフィンはあれで結構硬いからな。別荘をぶち抜くくらいの勢いなら、大した怪我《けが》もしてないはずだ」

「が、頑丈なんだな彼女は。私よりよっぽどお嬢様みたいなのに……」

「あれでめっちゃ平民だからな。マフィンは最近金に余裕ができて家庭菜園始めたらしいぞ。彼女の借りた土地へ行くと、あの格好そのままで農作業をしている姿が拝める」

「ぷ……ぷふっ！」

笑い出すサクラを見て、エンヴィーたちも釣られて笑った。

なんとなくほっこりしてくる。

一個空いているスペースとその奥にあるお嬢様型の穴がなければ、完璧な絵面だっただろう。

いい感じに場が和んだところで四回目といこう。

「「「王様だーれだっ！」」」

俺の番号は——七だ。

ちくしょう、もうどこかで王様になれないと思っている自分がいる。

だって俺の番号はなんだろうって思っちゃってるもんな。

負け犬思考になってるぞ、いかんいかん。

「おっ、私が王様か」

次に王様になったのは、サクラだった。

これはちょうどいいタイミングだ。

彼女はいったい何を望むんだろう。

まだあまり仲良くない分、やりすぎのラインの見極めが難しい。

サクラはこういう時に、突っ込むタイプなのだろうか。

「それなら……十番が一番とキス！」

い……いったあああああっ！

サクラ、いきなりぶっ込んでいったあああっ！

ちょっと飛ばしすぎじゃないか!?

「私が十番！」

「……一番」

そして選ばれたのは、十の棒を持つエンヴィーと、一の棒を持つマリアベルだった。

二人は互いに切磋《せっさ》できるライバルであり、仲間でもある。

そんな二人がこうなってしまうとは……なんという運命のイタズラだ。

……いかん、雰囲気に飲まれているせいか。

なんだか俺のテンションが上がっていく気がするぞ。

「……目、閉じて」

「おけ」

マリアベルが目を閉じる。

エンヴィーが額にキスをする。

そして何事もなかったかのような顔をして、マリアベルが目を開く。

「終わり」

「まあ、これくらいなら別に平気かな」

そういっているエンヴィーたちの耳が少しだけ赤くなっているのを、俺は見逃さなかった。

同性とキスか……俺がシュウとするってなったら断固拒否するが、彼女たちはそんなに抵抗ないみたいだな。

女の子同士って、そういうものなんだろうか。

などという哲学的な考えを弄んでいると。

「おーっほっほっほ！　マフィン、只今《ただいま》戻りましたわ～！」

頭に葉っぱをつけている雑草お嬢様が帰還してきた。

よし、フルメンバーが揃《そろ》ったし、さっさとゲームを再開するぞ！

「……私が、王」

次に王様になったのはマリアベルだった。

俺の番号は六、いつまでたっても当たりを引く気配はない。

「五番が……好きな人を言う」

「えっ!?」

俺はその驚き声に、ものすごく嫌な予感がした。

その声の主が……エルルだったからだ。

「私が好きな人は……アルノードさんです！」

「「……」」

みんなが黙り、目配せを始める。

俺に熱っぽい視線を送っているエルルを見て、何人かが俺を冷ややかな目で見つめていた。

……なんだよ、そんなに見ないでくれ。

俺別に、なんにも悪いこととかしてないぞ。

エルルが行った公然告白も同然の所業によって、部屋の空気が一気に冷たくなった。

合間に話すこともないまま、みなが無言のまま棒を箱に戻す様子は、なんだかちょっと怖い。

「「「王様だーれだっ！」」」

俺の番号は三。

……これ実は当たり入ってないんじゃないのか？

自分で作ったくせにそんなことを思ってしまう。

「ふふーん、僕が王様だねっ！　それじゃあ……七番が三番にキス！」

おっ、とうとう俺が当事者になったぞ。

相手はいったい誰だ!?

「わ、私だ……」

おずおずと手を挙げたのはサクラだった。

さ、サクラか……一番そういうことに抵抗ありそうな子が選ばれてしまったな。

「そ、それじゃあアルノード、目をつぶってくれ……」

「お、おう……」

言われるがまま目を閉じる。

チュッという音がして、次に感じたのは唇の熱さ。

何をされたのか理解した瞬間に、思い切り目を見開く。

そこには目をつぶって顔を真っ赤にしている、サクラの照れ顔があった。

さっきと違って……額にじゃなくて、唇でのキスだった。

というかこれ……普通にキスじゃん。

いかん、自分でも何言ってるのかよくわからなくなってきた。

「もうここで言う。アルノード、私はお前が好きだ」

「――ちょっ!?」

エルルが驚いたような顔をして、飛び上がる。

そして目を大きくして、サクラのことを見つめていた。

ひゅーっと周りからは囃《はや》し立てる声が聞こえてきた。

なんか様子が変だぞと思いよく見てみると、周りのみんなの顔は真っ赤だった。

これは間違いなく……ベロベロになってるな。

というか俺も多分酔ってるし。

さてはライライ……俺たちに相当度数の高いやつを飲ませたな？

「好きだ……アルノォードォー……」

サクラはそのまま俺の隣に座ると、全身を俺に預けるようにしなだれかかってくる。

おいサクラ、悪いことは言わないからこれ以上は何かをしない方がいいぞ。

明日になってから後悔することになるぞ、間違いなく。

「私はなぁ、お前に助けられてからずっとぉ……」

そこから先はむにゃむにゃ言っていて聞こえなかったが、サクラが俺を見つめてくる視線はいやに色っぽく、熱を帯びていた。

その潤んだ瞳と薔薇色《ばらいろ》の頬に、思わずウッと喉の奥の方から声が出る。

人間、酔った時には本性が出るという。

だとするとサクラは、本当に俺のことが……？

「ほらっ、次だ次っ」

サクラの催促に止まっていた時間が動き出し、みなが棒を箱へ入れ直す。

中身を交ぜて王様の場所を変えてから、再度引く。

次に王様になったのは、セリアだった。

「私はぁ……アルノードさんが好きです！」

そしてセリアの命令は、もう命令でもなんでもなかった。

それは完全に告白だった。

もう番号とか、まったく関係なくなってる。

それを見てひゅーひゅーと再度囃し立てる女性陣。

よく見ればその輪の中に、サクラの姿もあった。

いや、メンバーに溶け込めてるのはすごくいいことだとは思うが……いったい、どういう状態だ？

サクラはどんな心境で、この状況を楽しんでいるんだろう。

女の子っていうのは、相も変わらずただひたすらに複雑だ。

「セリア、お前この場の雰囲気に飲まれてるぞ絶対」

「そ、そんなことないですよぉ。私は本気で、アルノードさんのこと愛してるんです！　サクラよりエルルより、私の方があなたのこと、大好きです！」

前髪の間からチラリと見えるその赤い瞳は、メラメラと燃える炎のようだった。

セリアの表情を見ていると、とても冗談とは思えない。

となるとセリアまで俺のことが好きということになるが……。

「私も好きですっ！」

「……私も」

そしてそこに、エンヴィーとマリアベルまで参加してきた。

もう誰が俺のことを好きなのか、矢印が多すぎて判別できない。

とりあえずライライを除くほとんどの女の子たちが、俺のことを好き好きと連呼し始め、もうゲームどころではなくなってしまう。

俺は……どうしたらいいんだ。

酒の勢いもあったとはいえ、こんなに沢山の人に好意を打ち明けられて……。

そう簡単に答えは出せそうにないが……俺なりに答えは出さなくちゃいけないよな。

これからも一緒にやっていくことになる彼女たちに、不誠実な答えは返せないから。


「ふぅ……」

王様ゲームが終わり、とりあえず一度も王様になれなかった俺がぶっちぎりのビリになり、会はお開きとなった。

本当ならこの後遊ぶやつを決めるための勝負だったんだが、ライライの命令のせいでみなが酒を引っかけたため、なんかそのあたりはうやむやになってしまった。下手に諍《いさか》いにならなかった分、これで良かったのかもしれない。

俺は熱気むんむんだった別荘を後にして、一人外で風を浴びながら酔いを覚ましている。

太陽はまだ高いところにあり、時刻は午後三時前後。

こんな時間から飲んだくれることができているんだから、幸せな暮らしができてるんじゃないだろうか。

「隊長、お疲れ様ネ」

「ライライか。……お前のせいでめちゃくちゃになったじゃないか」

「あっはっは、ごめんネ～」

「『辺境サンゴ』で禁酒令でも出してやろうか」

「――それは、本っっっっ当に困るヨ!!」

彼女にしては珍しくとてつもなく真剣な声音で懇願される。思わずおぉ……と言うことしかできなかった。

ライライは少し酔っているようだが、彼女が酔っているのはいつものことなので気にしない。

あれだけ常日頃から飲んでいて、身体は大丈夫なんだろうか。

酒は人間の身体には毒と聞くから、もしかするとライライの身体は全身酒浸りでボロボロになっているかもしれない。

気休めかもしれないが、とりあえず回復魔法でもかけておいてやるか。

「ふわ～、お酒飲んでる時みたいダヨ～」

「いや、現在進行形で酒飲んでるだろ」

「そうとも言うネ」

「……他にどんな言い方が？」

「細かいことは気にしない方が吉ネ。細かい男は嫌われるしハゲるで、良いことないヨ」

ライライが切り株に座り、髪に手を当てる。

どこか遠くを見ているその青い瞳は、ラピスラズリのように美しい。

風でなびく髪を手で押さえて、少しだけ目を細める。

横から眺めると、美人画になりそうな構図だ。

こいつは喋《しゃべ》ったり酒飲んだりしなくちゃ、本当にただの美人さんなんだけどな……。

「隊長は相変わらずモテモテネ、万年この世の春を迎えてル」

「俺にモテ期なんかあったか？」

「自覚ないのも考えものヨ。みんなの好き好きラブ光線に、隊長全然気付いてなかったからネ」

「好き好きラブ光線……」

「ちゅっちゅラブビームでもイイヨ」

「いや、言い方の問題ではなく」

たしかに好意を向けられる場面は多々あった。

けどそれを、異性的な好意としてはとらえていなかった。

結果として、間違っていた……というか、勘違いしていたのは俺の方で。

みんなが俺のことをそういう目で見ていた……。

酔った席のこととはいえ、みんなの表情は真剣だった。

勘違いと自分に言い聞かせるのにも、さすがに無理がある。

「どうすればいいんだろうな……」

「……さぁ？　それを決めるのは隊長だけだからネ」

エンヴィーたちのことが好きかと問われれば、間違いなく好きだ。

かわいいし、真《ま》っ直《す》ぐだし、女性自体あんまり得意じゃないけど、気安く接することができるし……。

エルルに告白されたのだって、普通に嬉しかった。

かわいい女の子に好きですと言われて、喜ばない男などこの世には存在しない。

いるとすれば、そいつは男ではない。

けれど俺は、エルルの告白にすぐにオーケーを出さなかった。

彼女のことは好きだが、そもそもパートナーとして見たことがなかった。

でもきっとそれすらも言い訳で、俺はきっと、今の関係が壊れてしまうのを無意識のうちに恐れていた。

俺がエルルと付き合ったとしたら、きっと『辺境サンゴ』のメンバーたちの関係性に変化が出てくるだろう。

エルルが成果を出して報酬をもらうようなことがあっても、

「あの人はアルノードさんの彼女だから……」

などと、正当な評価をされなくなってしまうかもしれない。

もしかするとエンヴィーたちよりも一段立場が上になるかもしれないし、そのせいで幹部たちの仲が悪くなってクランが空中分解してしまうかもしれない。

そしてもし、付き合った俺とエルルが別れたとしたら。

それは絶対に、しこりになって残る。

職場恋愛の悪い部分ってやつだな。

きっと以前のようなものには、もう二度と戻れなくなってしまう。

付き合えば、それが続こうが続くまいが、きっとクランは変わってしまう。

そんな予感があったから、すぐに答えを出すことができなかった。

そして、こんなことを考えている時点で、本当にエルルのことが好きなのかという疑問も湧いてくる。

もっと、恋というのはこう……情熱的で、他のことなんか全部擲《なげう》ってもいいと思えるようなものじゃないのか。

だとしたら俺の好きは、恋愛感情とはまた違うんじゃないか。

「隊長は面倒くさい男だネ」

「自覚はあるよ」

「そしてそんなんがモテるんだから、世も末ヨ」

ライライは、俺に遠慮なくものを言ってくれる数少ない人間の一人だ。

彼女は見た目はバリバリ働いている女騎士のようで、身長も高く、おまけに俺よりも年上だから、つい色々と話せちゃうんだよな。

中身はただの飲んだくれなんだけどさ。

「でもそういうところが……放っておけなくなる」

「そ……そうか？」

「うん。別に無理して、誰か一人を選ぼうとしなくていいんじゃないかな？」

気付けばライライは立ち上がり、近くまでやってきていた。

俺よりも少し低い背丈の彼女は、上目遣いをしながらこちらを見つめている。

いつもの口調は鳴りを潜め、ライライは珍しく真面目そうな顔をしていた。

なぜだか距離が近い。

というかこのシチュエーションには、なぜか覚えが――。

「ん……」

グイッと下から、唇を押しつけられる。

途切れた意識が戻ってきた時には、既にライライは離れていた。

俺から距離を取る時の彼女は、自分の唇に手の甲を当てて、顔を赤くしている。

滅多に見ることのできないライライの照れ顔は、普段とのギャップがすごかった。

ライライは俺に背を向けて駆け出し、更に距離を取る。

そしてくるりと振り返り、こちらに手を振る。

その時にはもう、いつもの優しい顔つきに戻っていた。

「お姉さんに相談を持ちかけた対価ネ。ライライはタダで話を聞いてあげるほど、安い女じゃないから。……それじゃあ隊長、また後でネ！」

ダダダダッと、ライライは走り去っていってしまった。

またキス……されてしまった。

「俺はいったい、どうすれば……」

その問いに答えてくれる人は、今度は誰もいなかった――。


なんとなくこれからのことを考えながらぼうっとしていると、時刻は午後五時になろうかというところだった。

別荘に戻ってくると、酔っているという自覚があるからかみんな自室に引きこもっているようだった。どうやら思い思いに時間を過ごしているらしい。

一人で馬鹿デカいリビングにいても虚《むな》しいだけなので、俺もとりあえず自室に引きこもることにした。

また夜になればみんな騒ぎ出すんだろうが……少し不気味なくらいに静かだ。

普段使っているものよりもワンサイズ大きなベッドへダイブし、そのまま仰《あお》向《む》けになる。

後ろで手を組みながら見上げる天井はいつもより高く、そして無機質だった。

今はまだ日が長いため、空には未《いま》だ太陽が浮かんでいる。

日が出ているのなら、もう少しくらい何かをするべきだろう。

けれど今はなんだか、外に出て何かをしようという気にはならなかった。

そういえば主の話、みんなにしそびれてしまったな……。

(誰か一人を選ぶ……なんて難しいんだろう)

王様ゲームをやったあとの俺の頭の中は、つまるところそれでいっぱいなのだ。

エルル一人から告白を受けたのなら、多分俺はしばらく悩んでから、結局彼女と付き合うことになっていたと思う。

けれどどういうわけか、エンヴィーたちまで俺のことを好きであることが発覚した(してしまった、と言うべきかもしれない)。

それも彼女たちも酔った勢いとはいえ、その眼差《まなざ》しは真剣そのものだった。拳を握りながら顔を赤くして、こちらに訴えかけてきたのだ。

真剣な気持ちには、こちらも真剣に応えなければ不調法というもの。

だがそうなると、誰を選ぶのかという話になってくる。

俺はエルルが好きだし、エンヴィーも好きだ。

セリアだって好きだし、サクラだって好きだし、ライライも好きだ。

上司と部下としてだけじゃなくて、多分異性的な意味合いでも好きだ。

彼女たちに女性的な魅力を感じたことやふとした瞬間にドキリとさせられたことは、一度や二度ではない。

彼女たちの中で、一番好きな人……。

やっぱりエルルか?

彼女はいつだって、俺の近くにいてくれる。

俺の考えをちゃんと理解し、望むように動いてくれる、良き理解者でもある。

見てくれだって悪くない……いや、めちゃくちゃいいと言い切ってしまおう。

料理や裁縫なんかもできるくらい家庭的で、家に入ることがあっても何一つ問題は起きないだろう。

俺がそういうところはわりとズボラな人間なので、ちょうどいいバランスになるはずだ。

付き合ってきた期間やものの考え方、一緒にいて楽しいかどうか……そういった諸々《もろもろ》の要素を総合的に見てみれば、多分エルルと付き合うのが一番いいと思う。

婚活しろって話だったけど、エルルなら多分付き合っているうちに気付けば結婚しているような気がしているし。
彼女は案外そういうところ、抜け目がないから。
これは気が早いとは思うが、きっと結婚生活も楽しいはずだ。
子供とかを作って、どこかでゆったりとした暮らしをして……。
でもどうしてだろうか。
何かが心にひっかかるのだ。
誰かを選ぶということに忌避感があるのか？
何かを選択するということは、それ以外を切り捨てるということだから。
俺は悩んでいる。
けれどいったい何について悩んでいるのか、本人なのにさっぱりわからない。
答えの出ないものを考え続けるのは、苦手だ。
敵を倒せば良かった今までの方が、どれほど楽か。
ぼーっとしながら天井を眺めて、ぐるぐると頭を回す。
そんなことを繰り返しているとさすがに袋小路に入り込み、思考がループし出した。
これ以上は建設的じゃないな……と思い、部屋を出る。
また外に出ようかと考えていると、ダイニングにサクラがいた。
彼女も俺のことを、好きって言ってくれたんだよな。

さっきからまだそんなに時間も経《た》っていないし、同席しても問題はないだろうと思い、向かいの席に座る。

サクラがこちらを見て笑う。

今までまったく意識してこなかっただろうか。

急に彼女が女性なのだという事実が、強《したた》かに俺を打ちのめす。

「どうしたんだ、アルノード」

「いや……サクラって、女の子なんだなって思って」

「ふふっ、なんだそれは」

下手をしたら変な意味にとられかねない言葉だったが、どうやらサクラが気分を害した様子もない。

彼女に悩みを話すのは違う気がする。

こういう時って、誰に話すのが正解なんだ。

俺、恋愛相談とかコイバナなんかとは無縁の人生を生きてきたからな……そういうことを話せる友達なんかいないないし。

多分同性の方がいいだろうからシュウになるんだろうが……あいつに色恋のことを聞いても魔道具のことしか喋らないだろうし。

だとしたら……普通に平のメンバーに聞くか？

でもそんな、実は『辺境サンゴ』の中でドロドロした恋愛模様が繰り広げられてるとか知られたりしても嫌だし……ソルド殿下に話すのはさすがに不敬だと思うし。

またぐるぐると思考が空転しはじめたが、それをサクラがすぐに止めてくれる。

「アルノード、いい答えを教えてやろうか？」

「いい答え？」

「ああ、きっと今のアルノードは誰を選ぶかで悩んでいるんだろ？」

「……ああ。誰を選ぶかというよりは、誰を選ばないのかという部分を悩んでいる」

「味方を切り捨てることのできない、お前らしい答えだな」

答えがあるのなら、ぜひとも教えてほしい。

そんなものが存在しないからこそ、俺はこうやって悩んでいるというのに。

「なに、簡単な話だ――」

眉間に皺《しわ》を寄せる俺を見て、サクラが笑う。

そしてなんでもないような顔をして、とんでもないことを言いだした。

「一人正妻を決めて、お前を好きと言っている他の女の子を全員側室にしてしまえばいい。ハーレムを作れば万事解決だ、アルノード」

「――っ!?」

その手があったか……とはとても思えない。

当然ながらその選択肢が頭の中に浮かばなかったといえば嘘《うそ》になるが……。

「ハーレムか……」

「そう、ハーレムだ」

サクラはどうも本気で言っているらしい。

彼女がふざけたりしていればすぐわかるっていうのは、短くない付き合いで知っているからな。

にしても、そうか、ハーレムか……。

たしかに愛するのを一人に絞らなくちゃいけないという理由はない。

だがそんなの俺にできるんだろうか。

そもそも女の子一人の機嫌すらまともに取れないこの俺が、複数人の女の子の機嫌を取ることなんてできるはずがないと思うんだが。

「正妻を決めるところで揉めないか？」

「たしかに、この『辺境サンゴ』は少し特殊だからな……だが決めないと面倒なことに……」

それきり言って、サクラは俯いてそのまま何やら考え込み始めた。

そしてハッとしたような顔をしてから、名案を思いついた発明家のような顔をした。

「いや、別にアルノードが貴族になるつもりがないんなら、好きにやってしまえばいいのか」

「そりゃ、貴族になるつもりは毛頭ないけども……」

どうやら私の貴族家の常識が邪魔をしていたらしい。

そう前置きをしてから続ける。

「アルノードは別に貴族になるつもりもない。ということはこのリンブルの相続法に伴って適当に財産分与をするわけだ」

「まあそうなるな」

いきなり結婚後の話をされ、実感は湧かないながらもとりあえず頷いていく。

もちろん付き合うなら結婚を前提にというのは当たり前の話だろうが、少々一足飛びが過ぎる気もするが……先を見据えたお付き合いってのも大事だよな。

「別に嫡子を決めたりする必要もないわけで、別に何人子供を作ってもアルノードとしては問題がないわけだ。そもそもその全員に、孫の代まで暮らせるくらいの遺産が入るだろうしな」

たしかに俺の今の懐事情は、物凄いことになっている。

換金していないだけで死蔵している魔物の素材は高値で売れるし、作った魔道具はもっと高値で売れる。

子供を無分別に作っても、多分全員にかなりの額を渡せると思う。

俺が死んで遺産の額で揉め事を起こすようなことには、なってほしくはないけど。

「要はアルノードは爵位を持たない豪商みたいなものだろう？　色んな物を売って巨万の富を得ているわけだし、立場なんかはかなり近しいはずだ。そしてアルノードは騎士でも貴族でもないんだから、別にリンブルに対して責任ある立場ではない」

「……だな、サクラを預かっている分アルスノヴァ侯爵に責任はあるし、冒険者クランとしての責任もある。だがそれら全てをひっくるめても、ノブレス・オブリージュのある貴族なんかと比べればそこまで大きなもんでもない」

「つまり、何をしてもいいわけだ。アルノードが責任を持つ必要があるのは、『辺境サンゴ』のみんなに対してだけというわけだ」

俺は責任ある立場になるのが嫌で、貴族になるのなんかはお断りしたわけで。

まあ色々と紆余《うよ》曲折《きょくせつ》あったものの、今では防衛なんかもリンブルの人たちにほとんど任せることができているので、俺は責任の二文字からは解放されている。

デザントと戦争になった時に、オリハルコン級冒険者として戦時に指名が発生したりはすると思うが、別にそれは元から戦うつもりだから、責任とはまた少し違うしな。

俺が責任を負うのは『辺境サンゴ』のみんなだけ、か……。

サクラの言葉は、今の俺の心に凄く刺さった。

元はと言えば、俺が冒険者クランを作ろうと思ったのは、二等臣民として搾取される生き方しか知らず、また世渡りもできなさそうな第三十五辺境大隊のみんなにちゃんとした生活を送ってもらいたいという気持ちが強かったのだ。

言わば俺は責任を負う……というか彼ら彼女らの人生を背負うために、リンブルでこうして冒険者クランをやっている。

要は、俺はエンヴィーたちの幸せのために頑張ったわけだ。

で、そんな俺が彼女たちを不幸にしようとしている。

その解決策は、俺がちょっとばかし納得すればいいわけだ。

俺の倫理観がちょっと下町過ぎるだけで、ある程度金がある人間であれば嫁を複数もらうことはなんら法律違反じゃない。

俺は貴族にはならないから、正妻や側室、世継ぎなんかによる継承問題も起こりづらい。

ただの嫁子供多数の大家族として暮らしていけばいいだけだ。

……うん、そうやって考えるとそれほど問題ではないような気もしてきたな。

我ながら現金な話だと思うし、なんだかサクラに上手《うま》く乗せられているような気もするが……あんまり深く考えすぎたら絶対動けなくなるし。

まずはとりあえず、頭空っぽにして動いてみようか。

みんなにも話を聞いて、最終的に結論を出せばいい。

「私は……アルノードのことが好きだ。できれば私だけのことを見てほしいと思っている。けれど……お前を私一人で独占できるほど、このサクラという人間は大層な人物ではない」

「そんなこと言うなよ、サクラも十分魅力的だぞ」

「そ、そうか……？」

「そうだ」

なんだか自然に言葉が出てきた。

サクラもそんな風に考えることがあるんだな。

基本的には自負心が高くて、プライドがあって、でもしっかりと他人から学ぶ向上心もあって
……。

でも結構うぶというか世間すれしていないところがあって、俺は彼女のことが好きだ。

……うん、好きだ。

誰かに順位をつけたりすることはできないけれど、それでもサクラが好きという事実は変わらない。

こうやって認めてしまえば、案外楽になってくるものなんだな。

なんだか新しい発見をした気分だ。

「サクラ、ちょっと出掛けないか？」

「え？　う、うん、構わないが……」

俺はまずはサクラと、ゆっくり話をしてみることにした。

そこから見えてくるものが、きっとあるはずだ。


外へ出てみると、夕暮れが世界を征服しつつあった。

つい先ほどまで青く隅々まで澄んでいた空には雲がポツポツと浮かび、オレンジ色に変わり、西日が空から俺たちのことを照らしてくれている。

「それでな、それでその時にオウカが……」

「ほぉ、じゃあ幼い頃はオウカの方がずっとお転婆だったんだな」

「ああ、オウカがちゃんと落ち着いているようになったのは、実はここ数年のことで……あ、アルノード、他の人に絶対言ったらダメだぞ」

「言わないさ」

ぶらぶらと歩きながらするのは、昔の話。

サクラがどんな風に育ってきていて、俺の歴史はどんな風に紡がれているのか。

三つ子の魂百までという言葉を、以前どこかで聞いたことがある。

小さい頃の性分っていうのは、大人になってもそれほど変わらないという意味だ。

例えばサクラは、小さな頃からずっと真面目だったらしい。

対して俺の方はどうかというと、昔からどちらかと言えば協調性重視で、そんなに強く自己主張をしてこなかった。

こうやって思い出してみると、なるほど俺という人間は昔から変わってないのだなぁと思う。

森の中を歩いてたが、視界が悪くなってきたので川沿いの方に出る。

夜のとばりが下りそうになっているせいで、空にいる星たちが輝きを取り戻し始めていた。

川沿いの道を、時折靴の中に入る細かい砂利を煩わしく思いながらも、二人で並んで歩いていく。

最初に会った時と比べると、ずいぶん距離も近くなった。

元々は女騎士であり令嬢だった彼女が、今では『辺境サンゴ』のメンバーだ。

俺と出会って一番境遇が変わった人間は、実はサクラなんじゃないだろうか。

「そういえば、エルルたちともずいぶん打ち解けられるようになっていたよな」

騎士としての生活で身につけた高いコミュニケーション能力のおかげか、彼女はそれほど時間をかけずに『辺境サンゴ』のメンバーたちと仲良くなっていた。

最初なんかはエルルとかなり険悪そうで、正直結構不安だったんだが……いい意味で予想外だった。

「一度、思いっきり喧嘩《けんか》をしたからな」

「え、そうだったの？」

「ああ、今思えば向こうは手加減してくれてたんだとは思うが、二人ともボロボロになった」

な、何やっとりますのん……。

思わず素の言葉が飛び出てしまったじゃないか。

喧嘩をして仲良くなるって、どうやら『辺境サンゴ』の女性陣はかなり男勝りなところがあるようだ。

元々男所帯の軍隊上がりだから、そういう気風が残っているのかもしれないな。

「それで仲良くなったってことか？　拳のぶつけ合い的な」

「というより、お互いを認め合ったってところか。もちろん二人とも、相手のことは嫌いだぞ。だが好悪とその人物に対する評価はまた別物だろう？　あいつの作戦遂行能力や周囲との調整能力は買っているつもりだ」

「なるほどな……」

俺が見ていないところでの隊員たちのやり取りが、気になってくるところだ。

今は仲がいいからいいが、後で険悪になったりしたら面倒だしな。

仲が悪いやつとは配属先や暮らす場所を変えられるよう、ある程度柔軟に対応した方がいいだろうか。

仲が良いやつと離れればなれってやつも、変えられた方がやる気が出るかもしれない。

俺はメンバーのみんなを信じてるし、仲が良いメンバーと同じ班ってだけで仕事をなあなあにするようなやつはいないと思っている。

「まあなんにせよ、なじめて良かったよな。騎士団を抜けさせてすぐに出戻りみたいなことになると、さすがにアルスノヴァ侯爵へ面目が立たないし」

「そんなことを気にする必要はない。父上も私がこの『辺境サンゴ』に来た時点で、ある程度覚悟を決めているはずだからな。あとはどうなろうとそこまで問題にはならないだろう」

覚悟、というのはいったいなんのことを指しているのか。

なんとなく想像がついてしまった。

多分サクラが俺とそういう……ねんごろな関係になる覚悟って意味だよな。

つ、次会う時に侯爵と、どんな顔をして会えばいいんだろうか……。

ドヤ顔をしながら魔力を叩《たた》きつけた以前のことが、もうずいぶんと昔のことのようだ。

少し聞きにくいことではあるけれど、今後のことを考えれば必要なことなので、勇気を出して聞いてみることにした。

「それで、その……サクラは俺のこと、好きってことでいいんだよな？」

「何度言えば納得するのかわからんが……そうだぞ。というか自分でも、結構露骨だと思うくらいにアピールしてたと思うんだが……」

「すまん、そっちの方にはちょっと疎くて」

「ちょっとじゃないような気もするがな」

否定したいが、事実俺はみんなから寄せられている好意には気付かなかったので黙っておく。

そしてどうやらサクラの気持ちも他のメンバーたち同様、あの場の熱にあてられて……という感じではないらしい。

「今すぐ答えは出さなくていい。ちゃんと私のことを愛してくれるのなら、一番でなくとも構わない」

女の子にここまで言わせておいていかなければ、正直男じゃないと思う。

だってこんなの、都合のいい女でもいい的な意味合いじゃないか？

……いや、サクラの場合は貴族家の貞操観念があるから、また話は違うのか？

わからない。わからないが……ハーレムを作るのなら、これも乗り越えなくてはいけない壁なんだろう。

結局そののちに、俺はみんなから話を聞いてみることにした。

そしてみんな意志を翻すことはなく、俺と一緒にいたいと言ってくれた。

そこで俺が出した結論は――。


「とりあえず、付き合ってみようと思うんだ。その、俺に好意を寄せてくれたみんなと……」

俺が出した答えは、今からみんなと一緒に恋人としてやっていこうというものだ。

もちろん、俺に好意を寄せてくれている女の子たち全員とだ。

ハーレムを作る覚悟を固めた、と言えば聞こえはいいかも……いや、ハーレムの時点で聞こえは悪いか。

とにかく俺は、みんなが好意を寄せてくれるというのなら、それに応えようと決めた。

「俺のことを好きでいてくれるみんなのために、もっと精進していこうと思う。なるべく見限られたりしないように、頑張ってみるから」

色々と悩んだりして長くなってしまったが……これからみんなと付き合っていくことになる。

この場合は、俺がどうこうと決めるだけじゃなくて、俺に好意を寄せてくれている女の子たちの方でも色々と取り決めしなければいけないことがあると思うので、みんなに決意表明だけしてから、俺は別荘を後にすることにした。

それからしばらく『辺境サンゴ』のメンバーたちの中で話し合いをしたらしく、その結果として、まずはみんなが個人個人で俺と話をして、デートをしようということになったようだ。

もちろん俺に否やはないので、今日はデート三昧の一日を過ごそうと思う。

色んな人とデートをする……こんな不思議体験、そうそうできるものじゃない。

男冥利に尽きると思って、楽しんでいこう。


まず初めデートをすることになったのは、セリアである。

セリアが一番なのは、なんというかちょっと意外だ。

彼女は一応マスコット的な立場だったりもするので、みんなから背中を押されたのかもしれないな。

何をしようと聞いた結果、別荘の中で話をすることになった。

デートってもっとこう外に出掛けるものだと思っていたんだが、どうやらその常識は彼女には通じないらしい。インドア派のカップルだと、こういうことも普通にあるらしい。

家の外に出るの嫌ですぅと、セリアは外へ向かう扉に近寄ろうともしていなかった。

ここはセリアの家ではないと思うんだが……と突っ込むのは無粋か。

「……ふんふーん、ふふっふーん」

「楽しそうだな、セリア」

「あーたん……は楽しくないですかぁ？」

付き合うにあたり、更なる呼び方変更をすることになった。

みんなに丸投げした結果、セリアの俺の呼び方はなんとあーたんである。

どこからたんが出てきたのかは、まったくの謎である。

好きに呼んでくれとは言ったが……フリーダムだな。

「一つ聞いてもいいですか？」

「なんでも答えるぞ」

「あーたんは私のこと、本当に好きですかぁ？」

「ああ、好きだぞ」

「即答っ!?――それじゃあ、どのあたりが？」

「魔法の話ができる数少ない女の子なのがまず一つ。俺の知らない分野のプロフェッショナルっていうのがデカいな。何か一つを突き詰められる人っていうのはすごく魅力的に見えるし」

そこからどんどん、セリアの好きなところを挙げていく。

すると四つ目を言い終えたあたりで、もういいですぅというギブアップの声がかかった。

なんだ、まだまだあるぞ。

もう付き合ってるんだから、恥ずかしくもなんともない。

一度踏ん切りがついたからか、なんだか吹っ切れてきた気がするぞ。

今の俺は、何も怖くない。

急に無敵になったような気分だ。

「セリアはこういう形でも問題はないのか？」

「そ、そりゃあ問題ないわけではないですけど……あーたんを一人で独占できるほど、私に魅力があるとは思っていませんので」

外からは日差しが差し込み、部屋の内側に格子縞《こうしじま》ができている。

陽光と影の織りなす模様が、体育座りをしているセリアの腿《もも》のあたりに当たっていた。

セリアは筋金入りのものぐさなので、着ている服はいつもと変わらぬローブ。

相変わらずだな……と思っていると、少しだけ変化に気付く。

よく見れば彼女の前髪が、俺が今まで見てきた時よりも長くなったような気がしたのだ。

そのまま後ろの方へ目を向けてみれば、全体的に髪のボリュームが少し増えたような気がする。

無精だからそのまま……というわけでもなさそうだ。

毛先までしっかりと手入れが行き届いているのか、枝毛も見受けられない。

「セリア、もしかして髪伸ばしたか？」

「え、あ、はいぃ。前にあーたん、髪が長い子の方が好きって言ってたので……」

「……そっか」

たしかにそんなことを以前言ったような気もする。

俺はどちらかといえばしっかりと女の子してる女の子の方が好きだから、多分平気でそういうことを言ったんだろうな。

……俺のことが好きな子に対して、その子から大分外れた女の子像がタイプだと伝え。

要望に応えようと必死になって髪を伸ばされても、それに気付きもしない。

どうやら俺は、まだまだ修業が必要なようだ。

「似合ってると思う。でも、無理して伸ばす必要はないからな。面倒っていうならばっさり切ったって……」

「いえ……いいえぇ、いいんです。伸ばした方があーたんが好きになってくれるっていうなら、私いくらでも伸ばします！　地面につくまで伸ばしたって平気です！」

「いや、さすがにそれはやりすぎだろ……」

そのままセリアと話をする。

彼女の語り口調は、決して上手いわけではない。

どちらかといえばたどたどしく、声も小さいのでしっかりと聞いていないと聞き逃してしまいそうになる。

けれどセリアの話を聞いているのは、決して嫌いじゃなかった。

一緒にする話の内容なんてものは、実はなんでもいいのかもしれない。

共にいる時間が心地良いことが、一番大切なことのような気がした。

俺たちはベッドの上で隣に座りながら、つかず離れずの距離を保っていた。

「セリア……」

少し勇気を出してスッと近寄ると、手が触れあうほどの距離になる。

セリアは一瞬だけビクッと身体を縮こまらせたが、強く抵抗することはなかった。

ゆっくりと手を前に出し、伸びてきたセリアの前髪に触れる。

髪は抵抗なく指先を受け入れ。するりと絡んだ。

髪に遮られて見えていなかった赤い瞳が、まるで隠されていた宝石のように姿を現す。

二人の視線が絡み合い、どちらからともなく笑みがこぼれる。

こうして改めてみると、ずいぶんと綺麗《きれい》な目をしてるんだな……いつも俯きがちだから、見逃してたよ。

髪はキューティクルが整い、毛先の方へ手を動かしてみてもギシギシするような気配は欠片《かけら》もない。

髪が擦れたからか、ふんわりと甘い匂いが漂ってくる。

セリアはかなり小柄で、どちらかといえば娘みたいな感覚でいたけれど……こうしてると、女の子だって感じるな。

「ど、どうぞっ！」

セリアは目をギュッと瞑《つぶ》ったまま、好きにやっちゃってくれと両腕を拡《ひろ》げてみせた。

その俺に全てを委ねるというポーズに、少し心が揺れる。

けれどさすがに何段飛ばしで事態を進めるつもりもないので、俺は目を閉じているセリアの唇に、人差し指を置いた。

「今はここまでにしておこう」

「は、はいぃぃ……」

くたっと地面に倒れ込む彼女の髪をもう一度スッと梳《す》いてから、俺は次の場所へ向かうことにした──。


時刻は午後一時半ほど、時間的には比較的余裕のあるスケジュールだ。

家の中だと移動の時間がかからないから、長いこと二人でいれるのがいいところだな。

だが俺はインドアも好きだが、それに負けないくらい外に出るのだって好きだ。

「隊長〜、こっちこっちー！」

俺が向かっていった先にいるのは、デートの約束をしていたエンヴィー。

どうやら既に準備は万端なようで、水着に着替えている。

腕を振った状態でブンブンと腕を振っているから、胸が揺れてものすごいことになっていて、非常に目に毒だ。

「ごめんな、待ったか」

「ううん、今来たとこ！」

エンヴィーに腕を取られ、そのまま胸を押しつけられる。

押し込まれてむにゅんと形を変えた胸の温かい感触と彼女から香る甘い匂いで、くらくらとめまいがした。

何をするかは聞いているしそのための素材も提供はしたんだが、どこでやるかは聞いていない。

なので俺はエンヴィーに先導されるがまま、彼女の隣を歩いていく。

「セリアはどうだった？」

「どうだった、と言われても……」

「え、抱いたんじゃないの？」

「――ばっ、お前、いきなりそんなことするわけないだろっ!?」

そういうのはもっとお互いの仲が深まってからするものだろう!?

エンヴィーは一体どんな想像をしてたというのか。

手を繋いだくらいで、まだキスすらしてないぞ。

「なあんだ、つまんないの。意気地なしだねぇ、隊長は」

うりうりと、空いている手で頬をつんつんされる。

意気地なし……というより、段階を踏んでやりたいだけなんだけどな。

いきなり抱くっていうのはちょっと……そういうのはお互いのことをもっと知って、相手の人生を背負うって覚悟を決めてからするものだと、個人的には思っている。

「別にそういうのは結婚してから……ってほど固いことを言うつもりもないが。これでも一応元貴族だ、そのあたりはしっかりするさ」

「貴族ねぇ……少なくともデザント貴族なら、むしろ色々とお手つきしまくるのが正しい姿な気もするけど」

「ははは……」

思わず乾いた笑いが出る。

デザントのふんぞり返った貴族の中にはたしかにそういうやつも結構いるので、微妙に否定はしづらいのだ。

「あ、隊長あそこあそこ！」

「おぉ……あれか」

俺たちがやってきたのは、川のほとりだ。

エルルと主釣りをしたところより大分下流の方へ下っていったところにあるその場所は、水深が少し深めで身体を胸の辺りまで沈めることができるのだという。

見てみると水質は綺麗なのに、たしかに底が見えない。

「ていっ！」

「ちょっ、押すな、押すなって！」

「それは押してってことで合ってる？」

「合ってない！」

エンヴィーに背中を軽く小突かれたりしながら水辺を歩いていくと、川から少し離れたところに俺が貸していたテントが立てられていた。

「ほらほら、隊長も脱いで脱いで！」

「落ち着けって、急《せ》かさんでも自分でやるから！」

服を脱ぎ、既に着込んでいた（一日ぶり二回目）水着姿になる。

きっちりと畳んでから、手を取り合ってテントの中へ。

入ると同時にやってきたのは、目を開けているのが億劫《おっくう》になるほどの熱気だ。

そう、このテントの中は即席のサウナになっているのである。

中には『注水』と『加熱』の魔道具が置かれているため、わざわざ熱された石にひしゃくで水をかけたりせずとも、自動で温度を上げてくれるシステムができあがっている。

ちなみにこれ以上蒸気を出したくなければスイッチを切ればいいだけなので切り替えも簡単だ。

一分でくるりと一周する時計なんかも置かれており、どのくらいいたのかもしっかりとわかるようになっている。

「ということで……勝負スタートです、隊長！」

「ああ……望むところだ」

エンヴィーにしたいことを聞いてみたところ、『隊長と戦いたいです！』といういかにも戦い好きな彼女らしい願いを口にした。

だが休暇先でガチバトルをするのもあれだし、それなら何かを使って競い合うことにしようということになったのだ。

このテントサウナは、その対戦の記念すべき第一戦というわけである。

ルールはシンプルで、先に限界が来た方の負けだ。

即座に身体を冷やすことができるよう水風呂代わりの川も近くにあるし、後はただ我慢するのみだ。

ちなみに今回は公平を期すため、魔力や気力の使用は禁止。

純粋な我慢強さでの勝負だ。

「……」

黙ったまま向かい合わせに座り、五分が経った。

今のところ、まだぜんぜんキツさは感じていない。

俺はわりと風呂に入るのが好きだ。

デザント人の中でもきれい好きな方だったし、浄化《ピュリファイ》の魔法を使って身体の汚れは落としてから風呂に入ることを馬鹿にされたことも何度もある。

だがこうして身体の内側を熱して取れる疲れみたいなのが、ある気がするんだよな。

ただそんな風呂好きな俺も、サウナに入るのは結構久しぶりだ。

まだあまり金がなく、魔力もさほど多くなかった頃は自分でドームを作って、毎日のように入ってたんだがな。

これなら熱した石と水があればできるから、魔法使い見習いの頃でも問題なく作れたから。

「……」

目を瞑り腕を組んで、意識を集中させる。

シュウッと注水された水が蒸気に変わる音を聞いているだけで、体感温度が上がったような気がしてくる。

サウナに長時間入る時のコツは、あまり時計を見過ぎないことだ。

何か全然関係のないことを考えて気付いたら時間が経っていた、というのが一番の理想型である。

あと、熱いと感じてもそう思ったり、口に出したりするのも良くなかったりする。

根性論ではないが、心持ちというのも案外馬鹿にならないものなのだ。

「……ふぅ」

十分が経過すると、エンヴィーが熱い吐息をこぼした。

吐き出す息でさえ熱を感じるんだから、今のテント内の温度は相当なものになっているに違いない。

体感だが、一〇〇度は優に越えている気がする。

このまま加熱しすぎたら皮膚が火傷《やけど》するレベルまでいってしまいそうなので、温度はこのあたりを維持しておくことにしよう。魔道具のスイッチを一旦オフにする。

それから更に時間が経つ。既に時計を見ることを止《や》めているため、今どのくらい時間が経っているかはわからない。

少しぬるくなってきたので再び魔道具のスイッチを入れ、上がりすぎたら切ってというのをもう三度ほど繰り返すと、さすがに俺も身体の末端の方に熱を感じるようになってきた。

末端の方に違和感が出だしたり、逆に永遠に入っていられるような状態になってきたら、身体の異常のサインだ。

そろそろ俺の身体が限界に近付いてきているのかもしれない。軽く腰を浮かせてみると、身体の軸が安定しない。うーん、これはそこそこ逆上《のぼ》せてるな。

対戦相手の方を確認してみるが、エンヴィーもきつそうにしながらもまだテントを出る気配はない。

なかなかの粘り強さだ……エンヴィーの出身地にも、蒸し風呂に入る習慣があったんだろうか？

「どうだ、そろそろ限界が近付いてきたんじゃないか？」

「ま……まだまだいけます、こんなのドラゴンブレスに比べたら屁《へ》でもありません！」

「いやまぁ、そりゃそうかもしれないが……」

凝結して細かい水滴になり水蒸気が透明になっていくが新たな水の供給を止めたため追加はない。

もやがかかっているようだった向かいにいるエンヴィーの姿が、徐々に露《あら》わになっていく。

じっとりと全身から汗を掻《か》いているエンヴィーの姿は、いやに扇情的だった。

濡《ぬ》れた髪がぺたりと身体に吸い付き、ただでさえ凹凸の激しいボディラインを更に際立たせている。

「ふふん、どうしたんですか隊長？　もしかして私に見とれちゃいました？」

「ああ……見とれてた」

「——ええっ!?」

驚いた表情のエンヴィーの方に反応する余裕がない。

うん、そろそろ身体が限界のようだ。

「俺は出る。勝負はお前の勝ちだ、エンヴィー」

ポンポンと頭を叩いてやると、ただでさえ赤い顔が更にゆでだこのようになる。

そして勝利を誇るかと思ったら、そのままこちらに倒れ込んできた。

「……きゅう」

「——おいエンヴィー、大丈夫か⁉」

倒れかかる彼女の身体を必死になって支える。

どうやら無理をしすぎたせいで、限界が来てしまったらしい。

ただ流石《さすが》のエンヴィー、数分も涼んでいるとすぐに元気を取り戻し、その後も俺は彼女と釣り勝負をしたり、短距離走で戦ったりしながら楽しい時間を過ごすのだった——。


時刻が三時半になり、とにかく身体を動かしたり頭を動かしてクタクタになっている俺が向かった次なる先では、マリアベルが手綱を引いて待ち構えていた。

「やっぱり、デートは馬上でと相場が決まってる」

「流石は属州ユシタの出身だな……」

マリアベルの持つ手綱の先に引かれているのは、二頭のポニーだった。

どうやらこの別荘には乗馬コースなんかも完備されているらしく、それ用のトラックのようなものもあった。

ただトラックを駆けるだけだと騎馬民族出身の彼女としては物足りないらしく、一声かけて借り

ることにしたようだ。

「よろしく頼むぞ」

「うーん……やっぱり馬、最高っ！　ポニーだけど！　ポニーだけど！」

マリアベルは基本的に無口だ。

ただそんな彼女も、馬に乗っている時だけはテンションが爆上がりする。

そして今まで喋っていなかった分を取り戻すかのように一気に饒舌《じょうぜつ》になるのだ。

川から離れ、馬が走れそうな平原をかっぽかっぽと駆けてゆく間も、マリアベルはノンストップだった。

「愛してるぜベイベェッ！」

「ひゃっほう、私は風になるっ！」

口から泡を飛ばす勢いで叫んでいるマリアベルに苦笑しながら、久しぶりの乗馬を楽しむ。

俺は話を聞いているだけでいいので、非常に楽だった。

（……愛してるっていうのは、馬への言葉なんだろうか。それとも俺に言ってくれているんだろうか）

楽しそうなマリアベルに水を差さないよう、内心でそんなことを考える。

マリアベルはかなり小柄なため、股に力を込めて馬体を操るのは難しいはずだ。

されど彼女はたとえどれだけ気性が荒い巨大な軍馬であっても巧みに乗りこなしてみせる。

その手綱捌《さば》きは、最低限馬に乗れるだけの俺と比べると明らかに上手かった。

「隊長、置いてっちゃうぜ！」

「ちょっとマリアベル、馬がへたるぞ！」

「大丈夫、アリスト産のポニーは持久力が高いからこの程度問題ない！」

俺より馬に詳しい彼女が言うんなら間違いないのだろう。

俺からすると飛ばしすぎなように思えるペースだったが、たしかに彼女が言うとおりどれだけ走ってもペースが落ちることはなかった。

俺は基本的に軍馬しか乗ってこなかったのでどうにも頼りない感じがしてしまっていたが……こうやって乗っていると、ポニーも案外悪くないかもしれない。

一通り乗馬を終えて戻ってきたら、二人で馬を返す。

「……楽しかった？」

いつものように無口になったマリアベルが、コテンと首を傾《かし》げてこちらを見上げてきた。

その瞳が少し揺れているように見えるのは、俺の勘違いだろうか。

優しく頭を撫《な》でてやりながら、大きく首を縦に振る。

「ああ、楽しかったよ。今度は一緒に、遠乗りでもするか？」

「――うんっ」

あまり表情を変えることのないマリアベルが、キラキラと目を輝かせながら笑う。

ずいぶんと久しぶりに見る気がする彼女の笑顔は、その希少性もあってかとても貴いものに思えた。

「隊長……好き」

「ああ……俺も好きだぞ」

ハグをすると、彼女の顔は俺の胸辺りにすっぽりと収まった。

いつもつかみ所のないマリアベルも、馬に乗ると色々と素直になる。

今度もまた一緒に乗馬をしよう。そんな風に思える午後の一幕だった――。

それからサクラと一緒に酒を飲んで、そのあとライライと豪快に酒を飲んでぶっつぶれたりと色々あったが、俺に好意を示してくれた子たち全員と楽しく過ごすことができた。

こちらが手玉に取ったり取られたり……俺と彼女たちの関係性はそれぞれ微妙に違うんだが、それもまた一興というやつだろう。

とりあえず全員納得ずくのことらしく、不満そうな人がいるわけでもなければ、しょっぱなから喧嘩をするようなこともなかった。

話を聞いている限り、俺のハーレムに入ることになったメンバーたち同士の関係も、ひとまずは良好ということらしい。

元から知らない仲ではないので、ゼロから関係構築をする必要がないというのが大きいらしい。

とまあそんな風に、みんなと話をしているうちに三日目は終わった。

ちなみにみんなの気持ちに応えるとか言ったくせに、俺は普通に一人で過ごした。

……いや、そういうことはもっと順序とかを踏んでからやるべきだしな。

付き合うことになったから今すぐにその……そういうことしますっていうのは、逆に不義理だろう。

それにそういう関係になる前の時間を、もっと楽しんでおいた方がいいと思うのだ。

俺も、そして彼女たちも。

来る四日目、この日の昼をもって別荘での旅行は終了という形になる。

最後の日に、みんなで思い出を作ろうということになった。

別荘で、みんなでやる思い出作り。

それがなんなのかは決まっている。

——そう、主釣りだ！

「番号！」

「一！」

「二！」

「三！」

俺たちはここを去る前に、最後に主だけは釣っておこうということで、家の中でうだうだしている予定だったセリアまで引き連れて川釣りと洒落込《しゃれこ》むことにした。

解散は昼。

どうせなら主を釣って、その馬鹿でかい身でバーベキューといこうじゃないか。

全員に戦闘準備を整えさせる。

主は水棲《すいせい》のため、当然ながら地上戦は想定していない。

そしてこれはあくまでも釣りなので、隊員全員で水中へ潜って水中戦闘という無粋なやり方をするつもりはなかった。

俺は真っ向勝負で、主とのケリをつけるつもりなのだ。

全員に軽いウォームアップをさせながら、気力による身体強化《フィジカルブースト》を行わせる。

気力の場合は最大出力に至るまでに時間がかかるので、その間にメンバー同士で軽い組み手をさせて時間を潰させることにする。

俺はその間に、主を釣るために密《ひそ》かに作っていた秘密道具を取り出すことにした。

「うっわ、なんか生き物みたいで気持ち悪いですねぇ……」

「そう言うな。一本の竿《さお》にみんなの力を乗せるには、これが一番良かったんだよ」

既に日差しを浴びてグロッキーそうなセリアが、取り出した巨大な道具を見て目を細めている。

俺が『収納袋』から取り出したそれは、魔物のような見た目をした釣り竿である。

真ん中に一本脊柱のようなぶっとい竿があり、そこから枝分かれするように多数の紐《ひも》が伸びている。

たしかにパッと見ただけだと、新種の魔物のように見えなくもないな。

ただこれこそが、俺が徹夜して生み出した新たな魔道具『オールフォーワン』だ！

「て、徹夜して作ったんですか……隊長も案外楽しんでますね」

エルルがちょっと呆《あき》れたような顔をしている。

この『オールフォーワン』には『頑健』が付与されているため、どれだけ強い力で引っ張られようとも耐えてくれるはずだ。

各自が引っ張るための紐それぞれにも魔法が付与してあるので、どんな力自慢が引っ張っても紐がすっぽ抜けたりするようなこともない。

全員が握ってもまだ持ち手が余るので、今回は更に馬力を上げるためにセリアのアンデッドを活用させてもらうことにする。

「こ、こんなことのために死霊術を使わなくちゃいけないんですかぁ？……まあ、アルノードさんが楽しそうなんでいいですけどぉ」

セリアが大量のアンデッドを呼び出し、取っ手を握らせる。

一番後ろにある抜き身になった竿の部分を俺が握り、残る部分をひとまずアンデッドたちに任せ、まずは試運転を始める。

竿自体のサイズがべらぼうに大きいせいで、まともに竿の方向転換ができない。

作ったはいいが、どうやって主に食いついてもらうかまでは考えてなかったな……。

少し協議をした上で、隊員の一人に先端の方の操作を任せ、動かしてもらうことにした。

みんなの用意ができたところで、釣り竿を握るのをアンデッドから『辺境サンゴ』メンバーへ変えてもらう。

あまった持ち手は、アンデッドの中でも膂力《りょりょく》に優れる個体に引かせる形にした。

この『オールフォーワン』は先端にも仕掛けがしてある。

餌をひっかける針がかなり鋭利になっているために、軽くしならせるだけでつけている餌から血が出るようになっているのだ。

魚の中には血を嫌うものも多いが、主は魚型の魔物だ。

餌はデカければデカいだけいいはずだし、血なまぐさい方がその臭いに引かれてやってくるはず。

そしてそんな俺の想定は見事的中する。

主は試行すること三度目で、無事餌にくらいついてくれた。

釣り針も、食いついた魚を逃がさぬための返しも、全て特急仕事で作ったオリハルコン製だ。

俺は本職の鍛冶師じゃないからあくまで素人仕事ではあるが、さりとてオリハルコン。

そう簡単に壊れはしないはず。

「よしっ。せーのっ！」

「「「いーちっ！　にーいっ！」」」

俺が出した合図に従って、みなが一生懸命に紐を引く。

エルルと二人でやっていた時とは違い、これだけの人数がいればさすがに力負けすることはないだろうと思っていた。

けれど——おいおい、嘘だろっ!?

主の野郎、この大人数相手に力負けしないのかよっ！

こいつの力は、尋常ではない。

比較対象がないからわからないが、一丸になっている俺たち全員の膂力と渡り合えるとような魔物となると、ちょっと想像がつかない。

だがなんにせよ、ここで負けるわけにはいかないっ！

『辺境サンゴ』に敗北の二文字はないのだ！

「右だあああっ！」

「「「せええええええいっ！」」」

「次は左っ！」

「「「どっせえええええいっ！」」」

最初は拮抗《きっこう》していた俺たちと主との力比べ。

だが俺たちはチームであちらは単体だ。

その差が、如実に出始める。

俺たちは交代制を敷くことが可能だ。一人が疲れてきたら休憩をすればいい。

その代わりにアンデッドを入れておけば、力の減少も最小限で済む。

対し相手の主の方は一匹っきり。

多少疲れてこようが、引っ張り続けなければ俺たちに釣られて終わってしまう。

手にかかる力が、徐々に弱くなってくる。

「よしっ、もう一息だ！」

休憩していたメンバーたちを再度アンデッドと入れ替え、総力を挙げて釣り竿を引っ張る。

グググッと最後に急に力が強まってくる。

そして川に映る影の色が、どんどんと濃くなってきた。

最後のあがきだと看破した俺は躊躇《ちゅうちょ》なく魔闘気を発動させる。

釣りだろうが大人げなく本気を出させてもらう。

せっかくだからこちらも、最後に良い思い出が作りたいんだよ！

「おおおおおおおおおっ!!」

全力を振り絞り、『頑健』がついているはずの釣り竿がビキビキと音を鳴らし始める。

竿の限界が近付いたことで、俺たちは後先考えずに全力を出す。

「「そおおお、れっ！！！」」

すると——ざっぱあああああんっ！

勢いよく飛び上がる魚影、スコールかと見紛《みまが》うほどに俺たちの全身に降り注ぐ水。

ようやく主がその姿を現した。

再度潜水する川の主。

けれど既に、最初の頃あった元気はなくなっていた。

——逃がすかっ！

みなで呼吸を合わせて紐をたぐり寄せていく。

「ふんぬうううう、これで——終わりだッ！」

魔闘気を全開で発動させると、バキリと竿にヒビが入る。

けれど竿が壊れるよりも俺たちが主を再度引き上げる方が早かった。

そして宙に浮かび再度川の中へ逃げ込もうとする主を、紐を強引にこちらに引き込んで阻止。

「「「はあーっ、はあーっ……」」」

荒い息を吐きながら汗を拭う俺たちの前にいるのは、ようやくその姿を現した主だった。

びくんびくんと跳ねているその巨体を見ながら、俺は拳を振り上げて叫んでいた。

「獲《と》ったどーっ!!」

こうして俺たちは力を合わせて、主釣りに成功したのだった——。

とりあえずびたんびたんと激しく動き回っている主をしっかりと絞めてから、小休憩を取る。

しばらくしてみなが呼吸を落ち着けてから、改めて釣り上げた主を観察することにした。

「お……おっきいですねぇ……」

エンヴィーが、釣り上げられた主を見上げながら口をあんぐりと開けている。

主のサイズは、俺が想像しているよりも更に大きかった。

体幅だけで、俺の背丈よりも大分高い。

優に二メートルは超えているだろう。

全長は、どれくらいだろうか。

パッと見ただけで、軽く二十メートルは超えていると思う。

よくこんなのが川にいたな……何かの間違いで外に出たりしてたら、大変なことになってた気がする。

というかこんな魔物が川にいて人間に被害が一人も出てないのが奇跡だと思う。

「好戦的な魔物じゃなかったおかげで、ここで大きく育つことができたのかもしれないな」

「たしかにもし被害が出てたら、討伐隊が組まれてしっかりと倒されてたでしょうね」

俺のような物好きがおらず被害が出ずに噂話《うわさばなし》の域で留《とど》まっていたことは、幸運以外のなにものでもない。

「しっかしこれ、餌とかどうなってるんだろうネ？」

「たしかに……魚の数は多いとはいえ、この巨体を養えるほどいるかというと……」

小さな虫なりプランクトンなりを食べるにしても限度がある思うし、そもそもこの川には釣りをすれば入れ食いになるくらい大量の魚が残っていた。

でも人に被害がなかったり、川の魚が消えていないことを考えると……よほど燃費のいい身体をしていたのかもしれないな。

とりあえず食べるだけ食べたら、残ったところは研究材料にさせてもらおう。

「よし、とりあえず最後にバーベキューだけして、帰るぞっ！」

とりあえず適当にブロックに切り分けてから残りは収納し、こいつの魚肉を使って盛大に主釣り記念のバーベキューをすることにした。

全員で力を合わせて釣った達成感からか、バーベキューは大盛況のうちに終わった。

予定外だったのは、せっかく釣り上げた川の主の肉があまり美味《おい》しくはなかったところだな。

「うーん……マズくはないんだけど、この、なんていうのか……」

「……美味しくない。調味料で誤魔化して、なんとか」

多分身体がデカすぎて、うまみ成分みたいなのが全身に散っちゃったんだろうな。

大味すぎて、他の川魚のように塩だけだとあまりにもぼんやりとしており美味しくなかった。

ただエルルがしっかりと炒《いた》め物《もの》にしたり香辛料をふんだんに使ってステーキにすれば、ある程度の味にはなった。

身が詰まっていない淡泊な鶏肉《とりにく》みたいな味がして、実は結構嫌いじゃなかった。

隊のみんなからの評判はそこまで良くなかったので、今後俺が小腹が空《す》いた時にでも消費していこうと思う。一人で食べるとなると、どれくらい時間がかかるかわかったもんじゃないが……。

みんな主だけだと物足りなさそうな顔をしていたので、途中からはドラゴン肉を始めとした各種食材を俺が振る舞うことになってしまったが、まあそのあたりはご愛敬《あいきょう》だろう。

幸い食料は唸《うな》るほどあるし、在庫処分ができたと思おうじゃないか。

バーベキューが終わり、みんなで川に入って水浴びをして軽く汗を流す。

さて帰ろうかという段階で、サクラが俺のところへやってきた。

「アルノード、ちょっと耳に入れておきたいことが」

「どうかしたか？」

その顔は真剣そのもの。

少なくともさっきドラゴン肉のあぶり焼きを食べてだらしなく頬を緩めていた時とはまったくの別物だ。

彼女のただならぬ様子に遊びのだらだらモードから気持ちを切り替えて、仕事のスイッチを入れる。

「……か、かっこいい……」

俺の横顔を見てポッと顔を赤くするサクラを見ると、せっかく切り替えかけていた仕事モードが解けてしまいそうになったが……。

自分でも自覚があったのか、ううんと喉を鳴らすサクラは、気を取り直してから告げる。

「北伯が軍を動かそうとしているようだ。なんでもアイシア殿下と共謀して、何かを画策しているらしい」

どうやらゆったりと過ごす遊びの時間は、そろそろ終わりらしい。

何もせずぼうっとしているのも悪くはないが……こんな生活を続けていたら人間が駄目になってしまいそうだ。

エルルたちにあまり格好悪いところは見せられないし……ちょっとばかし、気張るとしますかね。

北伯であるランドル辺境伯の軍は、その地形柄から陸軍よりも海軍の方がその数が圧倒的に多い。

ちなみにこの大陸に現在空軍は存在していない。

かつて、今は滅んでしまった古代文明においては魔導船が空を飛び回っていたらしいが……その頃の技術は既に廃れており、今現在空は人の領域ではなくなっているのだ。

流通や交易というもののうち、海を経由するものの重要度合は著しく高い。

小麦を始めとする各種穀物なんかは、陸路での荷運びにも限界がある。

故により大量に物資を運べる海路を使うわけだが……こちらを脅かされると、そのまま都市の食料事情なんかの悪化に直結してしまう。

そしてリンブル王国の海における基本方針は、『デザントとオケアノスを刺激しないこと』という一点に立ち、常に策定されている。

そもそも国力の桁が違い、魔法を使うことで馬力から造船技術までたちうちできないデザントと海でやり合っても勝てないわけで。

ほとんど全ての軍を海軍に投入しているオケアノスはこと海軍の力だけならデザントにも勝っているわけだから、こちらともそもそも勝負の土俵に立つこともできてはいない。

そのためリンブルは、ある程度……それこそ海賊なんかが出ない程度の海軍力だけを身につけ、そして両国を海では刺激しないようにと腐心して動いてきた。

幸い海の上ではオケアノスとデザントがバチバチにやり合ってくれている。

お互いともなんとしてでも制海権を取ろうとしているし、大星洋の守護者を自称しているから、過度に軍拡でもしない限りはリンブルの通商を守ろうとさえしてくれていた。

おかげで、リンブルは大過なく過ごすことができていた。

けれど最近、激しくなってきたリンブル王国の王位継承問題によってまた事態は変わってきている。

王位継承権第一位を持つソルド王太子殿下の派閥である王党派に対抗するような形で、地方分派と呼ばれる各地の元豪族たちとアイシア第一王女が手を組んだからだ。

更に言えばそこに、日和見主義の中立派と彼らが擁するノヴィエ第二王女まで交ざり、事態はより複雑になり、デザントの勢力も交ざることで混沌《こんとん》の様相を呈していた。

だが俺たちが王党派の悩みの種であったトイトブルク大森林の魔物の問題を解決したおかげで事態が大きく動き、そこからデザント式の優れた魔法技術を供与することで一気に王党派が有利になった。

そして俺がリンブル国内のゴタゴタから離れてのんびりとスローライフを送っている間にも、状況は動き続けていた。

どうなったかというと……簡単に言えば、ソルド殿下による切り崩し工作が成功し、政争において大勢が決したのだ。

ソルド殿下が王手をかければ、中立派が王党派へ合流して全てが終わるという最終局面まできているらしい。

だがそれでもまだ、アイシア殿下も地方分派も諦めてはいないらしい。

地方分派の代表である北伯であるランドル辺境伯とそこに身を置いているアイシア殿下が、なにやらきな臭い動きをしているようだ。

既にソルド殿下が掌握しているという、リンブル王国の密偵集団である『王の剣』からよこされた情報によると、厳しい交通規制が起こり、各種物価が上がり始めているという話だった。

俺たち『辺境サンゴ』に言い渡された久方ぶりの任務。

それはソルド殿下から手渡された親書をランドル辺境伯へと手渡し、彼の投降を促すことだ。

ただそれだけが目的だというのなら、俺たちをわざわざよこす必要はない。

ってことは殿下は何かしら、荒事の気配を感じているわけだな。

もしかしたら既に何かを摑《つか》んでいるのかもしれない。

相変わらずあの人は、そういうところに異常なほどに目鼻が利く。

俺たちは普通の冒険者を装い、偽装したギルドカードを使い無事ランドル辺境伯領へやってくることに成功した（実質的な最高権力者が味方についていれば、もうなんでもありだ。自由な気風と言いながらも、冒険者ギルドも権力には逆らえないのである)。

やってきた、のはいいんだが……。

「隊長ぅ～……」

「みなまで言うな、俺だってわかってるさ」

領内に入ってみれば、既にそこら中に鉄槍《てつやり》を持った大量の兵士たちがいる。

明らかに臨戦態勢、というかいつ戦争がおっぱじまってもおかしくないくらいにみなが殺気立っている。

道行く人たちの顔も不安そうで、既に家財道具を持ち出してどこかへ逃げだそうとしている商人の姿もあった。

これは——一波乱、ありそうだな……。

今回やってきた面子《メンツ》は俺、セリア、エルル、マリアベルの四人。

冒険者パーティーの基本が四人一組のフォーマンセルなので、不審がられないようそれに合わせた形だ。

俺たちが宿を借りようとすると、宿屋の店主は神からの贈り物だと言わんばかりの喜びようだった。

一人一部屋でお願いすると、更に喜ばれた。

四つ部屋が埋まるだけであの喜びようとなると、今辺境伯領にやってくる人は相当に少ないんだろうな。

あとで話を聞かせてもらえば、有益な情報が得られそうだ。

だがまずは作戦会議だ。

「まず考えられるのは、戦争の準備って可能性だよな」

「まあたしかに、それが一番可能性は高いと思いますが……」

「……勝てるとは思えない」

マリアベルの言っている通り、今のまま戦っても地方分派が王党派に勝つ見込みは限りなくゼロに……というか、完全にゼロだ。

そもそも海軍が主体のランドル辺境伯領軍に陸戦能力は期待できない。

更に言えば他にランドル辺境伯やアイシア第一王女に呼応するような大勢力は、既にソルド殿下による懐柔が済んでいる。

だがやはり、俺たちがデザントから持ち込んだ先進的な魔法技術を地方分派の人間はほとんど享受していないのが一番大きい。

純粋な戦力差は、何倍にも開いているはずだ。

俺が指南書を作ったり、クランメンバーを使ってみなに手ほどきをしたりしている成果が出てきた形だ。

おかげで今までデザントに大きく水を開けられていた分が、着実に差は埋められていっている。

当たり前だが、俺は無差別にリンブル全体の魔法の水準を上げようとしているわけではない。

あくまでソルド殿下やアルスノヴァ侯爵の派閥である王党派の人間、更にその中でも二人が彼らならば裏切らないと言い切った人たちを優先させるようにしている。

旧態依然でありながら戦力が三分の一以下にまで削られているランドル辺境伯率いる地方分派が、デザント式の魔法技術を取り入れ、トイトブルク大森林からやってくる魔物被害を抑えることにも成功し発展著しいアルスノヴァ侯爵率いる王党派に勝てる道理はない。

文字通り詰んでいる地方分派の最後っ屁《ぺ》……と見るのが正しいように思えるな。

「何か勝算あってのことではないのですか？」

「勝算……考えられるのはデザントとの挟撃くらいだろうが、それも考えづらい」

ガルシア連邦との戦争が完全に終結するまでに新たな戦線が増えるはずもないので、そこを当てにしているというのも違うだろう。

だがとすると、なぜ今になって内戦に踏み切るような愚かな真似《まね》を……？

「いや、アルノードさん。一ついいでしょうか？」

「なんだ？」

「愚かだから、内戦に踏み切ろうとしたんじゃないでしょうか」

エルルの考えは、なるほどと頷《うなず》けるものだった。

あのアイシア殿下では政治的、軍事的にまともな判断はできそうにない。

統治手腕を見ている限り、今代のランドル辺境伯も大してそれと変わらない程度としか思えない。であれば、そんな愚かな二人であれば、色々と都合の良い解釈をして戦端を開きかねないのではないか？

俺としてはいまいち納得はできないが……たしかにまともに考える頭があるんなら、歯向かうのではなく、どうすれば自分たちの勢力が一番力を保持したまま降《くだ》れるかを考えるはずだ。

きちんと話が通じるといいんだが……まあ最低限、何かしら有利な交渉ができるとあちらが思っている手札があるものと考えて、あまり刺激しすぎないように動いてみるか。

まず情報収集と退路の確保をしてから、辺境伯との交渉だな。

うまくいくだろうか。

……いかない気がするなぁ。

話が通じなかった時のことも考えて——一応準備はしていくか。

これは他のメンバーには言ってはいないが……ソルド殿下から、最悪の場合は辺境伯の命を奪う許可も得ている。

けど今後のことを考えれば、最悪でも捕縛して王都に連れていくくらいのところには留《とど》めておきたいんだよなぁ。

——とりあえずそんな後味の悪い結末にならないよう、俺としても何手か打たせてもらいますかね。

俺たちは街を更に移動していき、ランドル辺境伯の領都であるランドリアへとやってきていた。

最初の街と比べればたしかに活気はあるが、それでも王都なんかと比べれば寂れているのは変わらない。

ただ領都まで来るとさすがに警戒が厳しくなっていた。

ただのさすらいの冒険者という設定では中に入るまでにかなり厳重なチェックが入ることになるのは間違いない。

そのため俺たちは正攻法でいくことにした。

身分を明かし、親書とそこに押されている封蠟《ふうろう》を見せれば、敵意の感じる視線は浴びながらも無事中へ入ることができたのだ。

そして案内に従って進むことしばし……俺は今、ランドル辺境伯本人と相対していた。

「ふむ、お前が『辺境サンゴ』のクランリーダーのアルノードか……」

辺境伯の周辺のガードはさすがにがっちりなようで、エルルたちは別室で待機、そして俺の方も手荷物から何から全てを預かられてしまっている。

だが実際の所まったく問題はない。

今の俺のローブには、既に空間魔法が付与されていて、『収納袋』になっているからな。

以前ウルスムスと戦った時の技術を使って生み出した最新作だ。

恐らく今後はもっと色々な形状をした『収納袋』が開発されていくことになるだろう。

とまぁ、魔道具談義はこのくらいにしておいて……と目の前にいる男性へ向き直る。

目の前に居るランドル辺境伯は、がっちりとした体格をした壮年のおじさんだった。

女性のクランメンバーなんかはおじ様って呼びそうな感じである。

感知の反応から考えると、気力もなかなかにありそうだ。

恐らく鍛錬は欠かしていないんだろうな。

だがいきなり目の前に現れるだなんて、ずいぶんと豪胆な人だ。

俺の話は色々と聞いているだろうに、まさか辺境伯本人がこうして顔を出すとは流石《さすが》に想像していなかった。

俺はこういう武人タイプの人、嫌いじゃないんだよな。

下手に策を弄してくるようなやつよりも、こうして真っ直《まっす》ぐにこちらを見据えてくる人の方に好感を持ってしまうタイプなのだ。

「とても強そうには見えないな。だが噂《うわさ》は色々と聞かせてもらっている」

「ありがとうございます。こちらがソルド殿下より直々に預かった親書になります」

俺が差し出した手紙を、使用人が受け取ろうと近付いてくる。

貴族の人間が平民から直々に物を受け取ってはいけない、って一応決められてるからな。

俺が敵方の王党派である以上、ある程度虚勢を張る必要もあるんだろうな。

……なんていう風に思っていると、ランドル辺境伯が予想外の行動に出る。

使用人に渡ろうとした手紙を、のっしのっしと歩いてきた彼が直接摑んでしまったのだ。

人を経由せずに貴族が物を受け取るのは明らかな礼典違反だ。

彼も彼で、なかなかに面白い人物であるらしい。

「ここまできて今更取り繕う意味もあるまい。お前らは下がっていろ」

「で、ですが……」

「元『七師』のアルノードが本気を出せば、今頃このランドリアは灰燼《かいじん》に帰しておる。お前らが居たところで、何も変わりはせんよ」

辺境伯はそれだけ言うと、警護のために中に入ってきていた兵士たちを下がらせてしまった。

残るのはわずかな従者と俺たち二人だけだ。

彼は渡された親書を読み進め、ふむと小さく呟《つぶや》いた。

「委細承知した。王太子殿下の慈悲深き言葉には感謝の念を禁じ得ない」

「では……」

「俺にはアイシア殿下を裏切れん。なので一つ提案をさせていただければと思う。この首一つと引き換えに、ランドル辺境伯領の存続を許してはいただけないだろうか」

それだけ言うと、ランドル辺境伯は自分の首筋にナイフを突き立てようとする。

俺は思わず全力で気力を使い、彼の手を摑んでしまった。

おいおい、なんだよこの辺境伯！

見た目と違って、行動がむちゃくちゃすぎるぞ!?

「……その武人としての気概はたしかにあっぱれです。しかし少しばかり性急が過ぎます。もう少し詳しい話をしていただかないことには、私の方も答えを出すことができません」

「むむ、それはたしかにそうだ。……私の方も少しばかり焦っていたかもしれん、すまぬな」

まったく悪びれた様子もなく、ランドル辺境伯は椅子に座り直す。

ほっ……いきなりスプラッターなことになるかと思ったけど、なんとかなったな。

事前の予想とはずいぶん違い、ちゃんと話の通じる相手ではありそうだ。

……まあ少しばかり、武張った人物ではありそうだが。

「辺境伯、どうして急に己の首を差し出すなどという突飛な考えを？」

「何も突飛ではあるまい。古来より籠城戦の終結の際などには、降伏の証《あかし》として主将の首を差し出すことはよくあることだ」

――なるほど、ランドル辺境伯の降伏の印として己の首を、勝利陣営であるソルド殿下の下へと届けさせようという考えだったわけか。

この分だと俺の『収納袋』が内部で時間を停止させていることも知られているだろうな。

侮れない諜報《ちょうほう》能力だ。

「ソルド殿下は寛大です。わざわざ首など差し出さずとも、あなたが王党派に下ればそれで問題は全て解決するでしょう」

「それはできん。だから私の息子が辺境伯を継ぐのが一番丸く収まるのだ」

「どうしてそうなるのです？」

ランドル辺境伯の言い分はこうだった。

彼の領地はかつて、不作から飢饉《ききん》が発生し食料危機に見舞われたことがある。

その際物価は急騰し、商人が暴利を貪り、農民たちは木の根をかじってなんとか飢えを満たしていた。

辺境伯が倉庫を開き非常用の物資を放出しても、まったく収まる気配はなかったのだという。

そしてあわや暴動が起こるかどうかというところで救いの手を差し伸べてくれたのが、アイシア殿下だった。

彼女は地方分派の貴族たちに働きかけて商人を誘致し、出し渋っていた現地の商人たちからは王族特権を振りかざして強引に物資を供出させた。

またその際に大量の資金を与えられもしたらしい。

基本的には借金だったようだが、中には返還義務のない贈与金もあったらしい。

ランドル辺境伯は、アイシア殿下から非常に大きな恩を受けている。

彼にとってアイシア殿下はパトロンでもあり、同時に助けてくれた救世主でもあるわけだ。

彼からすれば、地方分派から王党派に寝返るのは裏切りに他ならない。

助けてもらった恩があるんだから、そんなことはできないとその態度は頑《かたく》なだった。

もしかしたらアイシア殿下は、ランドル辺境伯のこういう一途《いちず》なところを見抜いていたのかもしれないな。

良くも悪くも、一度こうと決めたら梃子《てこ》でも動かないタイプの人っぽいよな。

さてさて、どうするのがいいのか……。

「閣下、至急お耳に入れたいご報告が」

「……緊急性はそれほど高いのか？」

「はい」

「——入れ」

頭の中で色々と考えをこねくり回していると、ドアにノックがあった。

外から伝令兵と思《おぼ》しき人間が入ってくると、辺境伯の耳元で何かを囁《ささや》いている。

そこからもたらせる情報は、俺も知らん顔のできぬ内容だった。

どうやら辺境伯の一人息子が、本格的な戦支度を始めたらしい——。

……バカ野郎が。

俺は辺境伯から許可を取り、急いでみんなと合流することにした。

幸いなことに、街の様子はまったく変わらなかった。

早駆けの伝令が急ぎで伝えてくれたおかげだろう、彼にはゆっくりと眠ってもらいたい。

領都ランドリアを東に抜けたところにある、ランドル辺境伯領の中でも屈指の穀物貯蔵庫であるディカンティウム。

辺境伯の一人息子であるジョットは、そこで蹶起《けっき》をしたらしい。

それに呼応して、各地で現状に不満を抱えている不穏分子たちも一斉に蜂起し始めたみたいだ。

今はまだそれが領外に広がってはいないが、早急に鎮圧しなければ蜂起が各地で起きかねない。

アイシア殿下を蹴落とし、地方分派を瓦解させることができたとはいっても、現状の態勢はとてもじゃないけど盤石とは言いがたい。

下手に蜂起が起きて統治に不安を感じさせるようなことになれば、どこから綻びが生まれるかわからないからな。

そうした時にわりを食うのは権力者ではなく、その庇護《ひご》の下で暮らす平民たちだ。

「で、どうするんです？」

「もちろん動く。俺たちはまだソルド殿下の名代扱いのままだから、これを利用させてもらうことにしよう」

有事の際に備え、帰還するまでは名代としての権限は譲渡されたままという形になっている。

ここは辺境伯領だからある程度制限はされるだろうが、そこにオリハルコン級冒険者という肩書きが合わされればできることはかなり増えるだろう。

仕込みをしていて助かったってところか。

蜂起するとまでは思っていなかったが、後でこれが効いてくることになるだろう。

「全速力でディカンティウムへ向かう。後のことはまあ……臨機応変に行こう」

「いきあたりばったりってことですね」

……仕方ないだろ。

俺は魔物相手の戦いなら得意だが、人間同士の権力闘争は苦手なんだ。

いつものようにすぐにへばってしまうセリアを肩に乗せながら、ディカンティウムへとやってきた。

やってきた、といってももちろん街の中に入れたわけじゃない。

向こうの衛兵に見つからないくらいのところに待機して、中の様子を窺《うかが》うことにした。

「クレボヤンス……おお、結構な数の兵がいるな」

遠見の魔法を使って街の中を覗《のぞ》く。

どうやらクレボヤンスを阻害する類の結界は張っていないようで、問題なく中の景色を見ることができた。

兵隊の数は、一つの街にしては異常なほど多く、その数は二千近い。

装備を見てみた感じ、どうやら全員が正規兵というわけではなく、農民たちからの徴集兵も交ざっているようだ。

街の住民の様子は明らかに困惑の色が強い。

街の内外への往来にも制限がかかっているようで、そろそろ食料配給が始まろうかといった感じだ。

これは……本格的に戦争の準備をしているな。

上から下まで団結しているとは言いがたいが、上から言われたことには従っとこうと思うくらいには民からの信望もあると。

さて、どうするべきか。

極論を言えば、俺たちが街の外へ打って出た兵士たちを皆殺しにしてしまえば反乱は解決する。

でもそれをやっちゃうとちょっとばかしマズい。

外聞が悪いのはまあどうとでもなるからいいとして、恐らく半分を超える男手を失ったらランドル辺境伯領が一気に弱体化してしまう。

大量の未亡人や孤児も生まれることになるだろうし、それは避けたい。

となればやはり……直接出向くしかないか。

「ちょっとばかし予定変更だ。さっさと当初の目的を達成することにしよう。ランドル辺境伯の長子を捕縛して、ふん縛って王都まで連れていく」

ランドル辺境伯には申し訳ないが、反旗を翻した時点で斬首は確定だ。

自分の首を切るつもりだった辺境伯には、もうしばらく頑張ってもらおう。

それに息子は一人とはいえ娘が二人いたはずだ。

リンブルなら貴族は女系でも許されるから、彼女たちのどちらかに家を継がせればいい。

今回の一件で家格は落ちるかもしれないが、家が存続できるよう俺の方もソルド殿下に一筆添えることにしよう。

俺は辺境伯みたいな武張った人は、嫌いじゃないからな。


「……よし、侵入は問題なく成功したな」

「はい、特に誰かに気付かれた様子もありません」

スチャッと音もなく飛び降りてくるエルルに頷いてから、周囲の様子を窺う。

当たり前だが、バカ正直に正門からディカンティウムに入るわけはない。

俺たちは城壁を強引に上ることで、街の中へと潜入を果たしていた。

ちなみに壁を垂直に上っていく方法は非常に簡単だ。

まず気力なり魔法なりで身体能力をしっかりと強化する。

そして次に足を出す。

したらば出した足が下がる前に、逆の足を出す。

これを繰り返すだけで、どんな悪路だろうが水の上だろうがらくらく踏破できるようになる。

「とりあえず貯蔵庫へ向かうぞ、まずは穀物を焼きにいく」

「……いいんですか？」

「飯がなければ兵隊は動かない。穀物さえなくなれば、行軍するなんてバカなことを考えるやつもグッと減るはずだ」

最初に向かうのは辺境伯の一人息子のジョット——のところではなく、このディカンティウムにある穀物の貯蔵庫だ。

事前にしっかりと調査をしておいたおかげで、迷うことなくスムーズにやってくることができた。

兵士たちの士気を挫《くじ》かないことには、無用の犠牲が出かねない。

そして古来より兵の士気を下げるには、食料をなくしてやるのが一番手っ取り早いものだ。

できれば食い物がなくなった段階でこんなバカなことをやめてほしいところだが、先の見えないジョットが何をするかは悪い意味で想像がつかないので、そのまま彼が住んでいるであろう場所を目指すことにしよう。

あ、ちなみに当たり前だが兵士たちを飢えで殺すつもりはまったくないぞ。

貯蔵庫を燃やすのはあくまでパフォーマンスで、視覚的な意味合いがほとんどだ。

もし食べ物が足りないってなったら、俺の『収納袋』が火を噴くぜ。

「ふあああぁ、暇だなぁ……」

「まったくだぜ、もし何かあれば連絡が来るだろうしさ。そもそも誰かがここに来るまでに、絶対に衛兵には見つかる。俺たちはただここでぼうっと立ってりゃいいのさ」

「違いねぇ」

貯蔵庫の唯一の入り口を守っているのは、しっかりとした甲冑《かっちゅう》を身に纏《まと》った男たちだった。話している内容がかなり俗っぽいし、立ち振る舞いも騎士としては少々粗忽《そこつ》に過ぎる。

いや、衛兵に見つからずに俺たちは来てるがな、と内心でツッコミながら、とりあえず聴力を強化したままで盗み聞きを続ける。

「しっかしジョット様もどうしてこんなことをなさるのかねぇ」

「なんでも秘策があるとかいう話じゃなかったか？」

「はえぇ、お貴族様の考えることはよくわからんなぁ」

秘策……っていったいなんだろうか。

やはりあちらも起死回生の手札の一つも持っていたってことだろうな。

もしそれが、海上経由でのデザントの助力だとするとちょっとマズいことになりかねない。

あまり時間をかけている余裕はないかもしれないな。

「腱《けん》を斬る程度ならしていいが、不殺でいく。こんなことで兵士たちの命を費やすのは馬鹿馬鹿しい」

「「了解っ！」」

闇夜に紛れながら駆ける。

距離が近くなると、さすがに向こうもこちらの存在に気付いた。

「なっ、侵入者っ――!?」

「悪く思わないでくれ」

手刀を首の裏に当て、衛兵の意識を奪う。

俺たちは穀物を焼き払うべく、侵入作戦を開始した。

そして中にいた兵士たちを全員倒してから外に運び出し、大分余裕があったので穀物は焼かずに全部『収納袋』にしまってから、貯蔵庫自体に火をつける。

こうして貯蔵庫は燃え、ただでさえ低かったジョットの求心力は更に低下した。

それから潜伏すること一日ほど。

街の反ジョット気運が高まり、兵士たちがそれを鎮圧するかしないかというタイミングで俺たちはもう一度動き出すことにした。

狙いはもちろん、ジョットが仮住まいにしている屋敷だ。

よくわからない秘策とやらが発動する前に、なんとしてでも勝負を決めさせてもらおう――。

「貴様ら、いったい何も――ぐべぇっ!?」

「通らせてもらうぞ」

ジョットの屋敷の警備はそれはもうザルだった。

まともに職務をまっとうしてるのは表にいた衛兵たちだけで、一度中に入ってしまえばみんな俺が手を向けただけで降伏する始末。

いやぁ、人望がないねぇ。

まぁ人心を離反させたのは、俺なんだけどさ。

目的地までを一直線に進んでいく。

ここの領主の心証を悪くしたくないから、物を壊すのは最低限にしておいた。

へたりこむメイドや震える執事たちに道を聞きながら進んでいくと、目的の人物の部屋にはすぐに辿《たど》り着くことができた。

「悪いけど」

「眠っててください!」

部屋のドアにはジョットの私兵たちがいたが、エルルとマリアベルが即座に意識を奪う。

手刀で相手の気を失わせるのって結構力加減がむずいんだよな。

失敗すると普通に首の骨折っちゃうし。

ドアには鍵がかかっていたので、気力で強化した腕力で強引にノブを回す。

バキリと音を立てて壊れたドアを開けば、そこにはベッドの上からこちらを見上げる男の姿があった。

よく見ればその隣には、明らかに困憊《こんぱい》した様子の女性がぐったりと横になっている。

部屋の中に感じる異臭に、俺だけではなくエルルたちも顔をしかめる。

よく見れば女性の身体《からだ》にはあちこちに傷がついていた。

どうやら昨晩はかなりお楽しみだったようで。

……このゲスが。

「お、お前たち、ここを誰の屋敷と心得て……」

「うるさい黙れ」

「がぼおおおおっ!?」

ジョットの腹部を思い切り蹴り抜く。

勢いがつきすぎたせいで、壁がめりめりと嫌な音を立てる。

……しまった、屋敷はむやみに傷はつけないつもりだったのに。

ついやりすぎてしまった。

俺もまだまだ心の鍛錬が足りないな。

「とりあえず話を聞かせてもらおう。お前の処罰を考えるのはそのあとだ」

「あ……が……」

それからはジョットからの事情聴取タイムと相成った。

荒事には慣れていないようで、最初こそ口をつぐんでいたものの、ちょっと肉体言語で会話をするだけで簡単に話を教えてもらうことができた。

「オッケー、これであとはお前を連行するだけだ。ご苦労だったな」

返事は聞かずに、ジョットの意識を手刀で刈り取る。

よし、今度は上手《うま》く手加減ができたぞ。

「アイシア殿下に……栄光、あれ……」

忠君涙ぐましいことを言いながら倒れ込むジョットを縄でふん縛ってから、深呼吸をする。

そして倒れていた女性の手当をするようメイドに言ってから、一度、聞き及んだ話の内容を頭の中で整理することにした。

ジョットがこの時期になって急に蜂起を決意したのは、やはりアイシア殿下の差し金だった。

抜き差しならない状態の彼女がなんとか現状を打開できる綻びを見つけようとして打った手が、ジョットたちによる蹶起だったわけだな。

彼女としてもこれが上手くいくとは思っていなかっただろう。

上手くいってくれれば儲《もう》けもの、くらいには思っていたかもしれないが。

そしてジョットが考えていた奥の手とは、アイシア殿下からの入れ知恵だった。

その内容は——デザント王国からの海を経由しての援軍である。

どうやらデザントには戦力的な余裕が出てきたらしく、魔法大隊のうちのいくつかが渡航してくるらしい。

それらの情報を頭の中で総括し……俺はふうっと息を吐いた。

「よかったよ……想定していた最悪が来なくて」

これはどうしようというため息ではなく、安堵《あんど》からこぼれた息だ。

俺の想定していた最悪とはガルシア連邦との戦争が終わり、そこでだぶついた戦力をガンガンリンブルに投入してくることだった。

一応今の段階でも『七師』を一人二人なら派遣できるからな。

そうなれば俺が全力で向かったところで馬鹿にならない被害が出てしまう。

だがどうやら今回の援軍に『七師』はいないらしい。

それならまあ……俺たちが到着するまでは、あれで耐えられるだろう。

備えておいて助かった。

想定していた使い方とは少し違ったけどな。

俺としてはランドル辺境伯の海軍を押しとどめるために使わせるつもりだったんだが……まあこれくらいは誤差の範囲だ。

「『ざぶざぶホエール君』の使用許可を出す、デザントの船を可能な限り沈め、船に遅滞行動を取らせるよう動けと伝えてくれ」

「――はっ！」

シュウが作ってくれた『通信』の魔道具のおかげで、領内くらいならそこまでの設備がなくとも連絡が取れるようになった。

あとはデザントを追い返してジョットを王都へ連れて行けば、俺たちのミッションは終了だ。

最後まで気を抜かずにいこう。

ディカンティゥムには港はない。

なので恐らく着港地点は、ジョットがある程度密に連絡を取れるような、比較的ディカンティゥムとの距離が離れていない場所になるはずだ。

その候補は三つほど。

俺はその中で最も本命と思われるアンドゥの街へとやってきている。

「うむむ、見えないな……」

デザントの魔法技術は高い。

なんでもザルに見えていた先ほどまでと違い、クレボヤンスを使って海の様子を見ようとしてもある一定のところまで行くと急に何も見えなくなってしまう。

恐らくは大規模に、クレボヤンスを阻害する類の魔道具が展開されているんだと思う。

他の二つの街にも同様にクレボヤンスを使ってみるが、やはり反応はかなり悪い。

まるで砂嵐の中にでも入ってしまったかのようなノイズと荒すぎて後ろがまったく見えない映像が映るばかりで、様子はまったくわからない。

「となるとどうにかして魔力なり気力なりを感知するしかないわけだが……」

「海のような広範囲の場所を網羅しようとするには、数がまったく足りませんね」

『ざぶざぶホエール君』の数は合わせて二十ほどあるので、候補地ごとにある程度分散して配置ができる。

こっちが本命だと思い八機、残る二箇所にはそれぞれ六機ずつを置いている形だ。

デザントからリンブルまで来る海上ルートがわかればいいんだが、前みたく海流に沿って監視しているだけで発見できるわけではないので、どうしても予測が難しい。

魔導船を使われると、どっから来るかはまったく読めないからな……厄介なものが開発されてしまったものである。

――元々デザントを初めとする各国で運用されていたのは風を動力にして進む帆船だった。

けれどデザントが風ではなく魔力を動力にして、波や風に逆らって進むことのできる魔導船を開発してしまった。

そしてそれにわずかに遅れる形でオケアノスも魔導船を開発、両者は海上でしのぎを削るようになったのだ。

ちなみに魔導船も分類としては魔道具にはなるんだが、詳しい仕組みに関してはあまりよくわかっていない。死霊術なんかと同じく、こちらも俺はまったくの門外漢だからだ。

「よし、とりあえず探知に優れる面子を分散させて乗り込むぞ」

「「「了解です！」」」

俺たちの目の前には海があり、そこにはぷかぷかと浮かぶ八つの影が落ちていた。

一見すると鯨のようにしか見えないこいつらこそが、俺が用意しておいた秘密兵器――『ざぶざぶホエール君』である。

『ざぶざぶホエール君』は、簡単に言えば人を乗せることのできる鯨型の船だ。

魔導船のように緊急時の帆はついてはおらず、もっと言えば甲板やキールなんかもない。

ただ鯨のような流線型をしたボディと中へ入るための入り口だけがあり、人を乗せて海の深くまで沈んでいく。

一応外を見るための窓はついているけど……これを船と呼んでいいものか、正直微妙だと思っている。

前に進むための仕組みは簡単だ。

魔力を使った内燃機関を使い、魔力を推進力に変換して船を前に進めるのだ。

火魔法に変換された魔力が熱に変換され、それを機械的な仕事に変えて船尾から噴射することで推進力へと変えている。

魔導船の仕組みはわからなかったので、まだ理解が及んでいる魔導馬車の構造をそのまま流用してなんとか作らせてもらった。

俺がこの『ざぶざぶホエール君』を製作したのは、将来的にオケアノスと行う海上戦で有利に立つため……ではない。

海のデカい魔物を捕るために、深いところまで潜れる船が欲しいなと思い、暇な時間を見て作っていたのだ。

ガードナーの街でスローライフを送っている間、幸いなことに暇だけはあったからな。

ちなみに今回俺についてきてディカンティウムまでやってきたのはエルルたちだけだが、『ざぶざぶホエール君』に乗っているクランメンバーの数は優に百人を超えている。

有事の際の備えとして用意していたものが無駄にならないのはありがたい。

が、できれば無駄になってほしかったという思惑もある。

「うぅん、やっぱり報告にあった通り、かなり熱いな……」

「ですねぇ、熱がこもってますのでぇ……」

俺と行動を共にしているセリアと一緒に、手で服をパタパタとさせて扇《あお》ぐ。

船内の居住性は最悪で、こんなところにずっといるとゆでだこになってしまいそうだった。

さっさと敵を捜して沈めなければいけない。

できれば向こうにバレないうちに全てを終わらせたいところだ。

一応今、強化してないとキィンという耳鳴り音が聞こえてくるほどの深度まで潜っている。

ここまで潜れば、多分敵船にいる魔法使いたちの探知も抜けられるはずだ。

熱い熱いと言いながら、ハンドルに魔力を流して船体を動かすことしばし。

ようやくこちら側の探知に獲物が引っかかった。

「数は……二十前後か。乗組員だけなら多分三、四百はいる……」

「全部沈めますか？」

「ああ、リンブルの懐に余裕はない。『ざぶざぶホエール君』の情報秘匿と実戦をかねて全艦沈めるぞ」

これは領海内の出来事ではあるが、デザントの応援も俺の奮闘も、多分歴史書に残ることはないだろう。

向こうもこっちも、それを公に認めるわけにはいかないからな。

俺らが正式に戦うことになれば、デザントとの戦争に突入することになる。

誰も口を利ける人がいなくなるよう、向こう側の人員には全員海の藻屑《もくず》になってもらうとしよう。

戦闘はすぐに始まった。

しかしこれを戦いと言っていいのかどうか……戦いの推移を見ている俺は、なんと言うべきか非常に表現に迷う。

何せ同じ土俵にすら立つことはなく、こちらが一方的に攻撃を加えることができているのだから。

それほどまでに、『ざぶざぶホエール君』の力は圧倒的だった。

「一番、二番沈没しました。海上掃討開始!」

俺たちは『ざぶざぶホエール君』を使い、攻撃を開始した。

艦載されている攻撃手段はたった一つだけ。

風魔法によって加速させた弾丸を発射。その弾丸が海水から受ける抵抗を水魔法で軽減させ、速度を落とさずに船底にぶつける。やってることはその工程を何度も繰り返すだけだ。

あ、ちなみにこの発射する弾丸には『爆裂』を込めているため、着弾と同時に衝撃を周囲に撒《ま》き散らして船体にダメージを与えることができるようになっている。

『ええいっ、何やってる!』

『敵影はまだ見つからんのか!』

『水中呼吸の使える魔導師を出せ!』

『無茶言わないでください』

今回は『ざぶざぶホエール君』以外の魔道具もお試しに使っている。

これはその一つである、置き型の『通信』の魔道具だ。

こいつは集音に特化しており、少し離れたところの音を集めることに長《た》けている。

双方向通信でもないので、仮に向こうに存在がバレたとしてもこちらのことを逆探知されたり、こちらの情報がバレることがないことが利点だ。

そうだな、『通信』というよりは音を盗み聞く――『盗聴』の魔道具って感じか。

いいなぁこの感じ。

新たな概念が生まれ、そこから派生してニューウェーブが起きる瞬間というのは、やはり魔道具職人として何よりも生を実感する。

この『盗聴』の魔道具は、映像の機能をカットしたことで廉価で作れるようになったため、比較的安価で配ることができるようになっている。

でもこれが安易に配られまくったら……それこそプライバシーもへったくれもない世の中が誕生する可能性があるな。

『盗聴』を防ぐための魔道具の方も開発するよう、シュウには言っておかないと。

あいつの発明はオリジナリティがあって大変よろしいんだが、いかんせん自分がしたいことにリソースを割きすぎているせいで頭でっかちになったり、後先考えてないことなんかが多いのが玉《たま》に瑕《きず》だ。

『敵影、発見できません！』

『魔力感知は!?』

『やってます、想定以上に強い『隠蔽』持ちがいる模様！』

悲鳴に似た声が上がるのを耳にしながら、攻撃の継続を指示する。

『ざぶざぶホエール君』には『隠蔽』を始めとした複数の魔法が込められているため、かなり色々な力を持っている。

今回は俺が力入れて作ったからな。

海上からの探査はまず通らん。

『頑健』が入ってるからかなり奥深くまで潜水することもできるし、魔法による弾数も結構多い。

故に弾切れを心配することもなく、一方的に攻撃を加え続けることができる。

『三番轟沈《ごうちん》！　四番被弾、損傷甚大！』

『これは……控えめに言っても、リンブルが海の覇権を握れるのでは？』

『いやぁ、そんなに甘くないだろう』

結局のところ使われてる技術自体はそれほど難しいものじゃないから、多分結構簡単にパクれるだろうし。

したら物量差で今度はこっちの船がまるっと潰されるのがオチな気がする。

かなり強力な兵器だけど、今後のことを考えると使い処《どころ》はよく考えないといけないな……。

そんなことを考えているうちに、船員から船を全艦沈めた旨の報告が入った。

そこからは掃討だ。

けれど白旗を上げているやつらにトドメをさすのはメンバーの精神衛生上あんまりよろしくない。

穢《けが》れ役をするのは、上役の俺だけで十分さ。

みなを帰らせてから海の上を駆け、ささっと一人で始末を済ませる。

これであとはジョットを連れて王都に帰るだけだ。

アイシア殿下も、そろそろ諦めてくれると助かるんだがなぁ。


王都へと戻ってきた。

俺を出迎えてくれたのは、にこにこと笑うソルド殿下だ。

「おお、よくやってくれたな」

「いえいえ、自分にできることをしたまでです」

「そう謙遜するな、デザントの魔導船なんぞを誘致されたらとんでもないことになっていただろうからな。まったく、そんなこともわからんやつらが多すぎる。人材の払底はリンブルの悩みの種だよ」

どうやら、王位継承権を始めとする諸々《もろもろ》には決着がついたらしい。

晴れやかな顔をするソルド殿下を見れば、結果がどうなったかなど聞く必要もないだろう。

最初は何故《なぜ》俺がランドル辺境伯領へ行かされることになるのか、正直疑問だったんだが……要はデザント戦力の撃退のために駆り出されたってことなんだろうな。

どうして辺境伯領の情報を手に入れることができたのかとか、色々と疑問は尽きない。

多分『王の剣』とやらが頑張ったんだろうな、『通信』ばりに速い情報伝達ってどんだけだよ。

ちなみに既にジョットの方は引き渡してある。

あ、そうだ。ランドル辺境伯がどうなるのかは聞いてなかった。

一応口添えだけはしておいたんだけど……。

「何、案ずるな。辺境伯家は領地の大部分を没収の上爵位も子爵まで落とすが、家自体はちゃんと存続させる」

……まさか本当に辺境伯の命が助かるとは。

反逆罪となると基本的に御家《おいえ》取り潰しになるから、なるたけ減刑できるよう嘆願しようとしたんだが……。

話を聞けば、どうやらソルド殿下は今回の一件を全てデザント王国の策謀ということにしてしまうらしい。

罪を全部他国になすりつけるので、国内にはそもそもの罪科がなくなってしまうというわけだ。

さすがに張本人であるジョットは助けられないらしいが、まああいつはアイシア殿下への欲に溺れて色々ととち狂った真似をした張本人だからな。

辺境伯には我慢してもらうしかないだろう。

「そう言えばアイシア殿下の方はどうなったんですか？」

「ああ、あいつは数日のうちに自室で服毒自殺だな。外患誘致はさすがにシャレにならん。父上も泣きながら許してくれたよ」

「そうですか……それなら安心ですね」

「音を上げて蹶起するタイミングがここで助かったよ。数ヶ月前だったらもっと面倒だった。自分で言うのもなんだが、お前が来る前の王党派だったらまだやりようはいくらでもあっただろうに。国内外の事情も関係なく、自分に何かないと動かないアイシアの自分本位な生き方を、これほどまでにありがたいと思ったことはない」

これで派閥問題と王位継承問題、リンブルを悩ませていた二つにカタがついたことになる。

リンブル国内の問題は、ほとんど解決したな。

であればあとは外に目を向けるだけでいい。

俺が個人、というか『辺境サンゴ』でやらなくちゃいけないと思っていることはあと一つだけだ。

それができるタイミングもそろそろ近付きつつある。

最近はもう、リンブルの街を守るためにうちらが出張る必要はほとんどなくなったって話だし。

「ちなみに禅譲は来週に行う。以後俺はリンドル三世を名乗ることになるから。なに、ソルドの名も残すから、私的な場では呼び方はソルド王で構わんからな」

――ちょっと殿下、さらっと爆弾発言するの止《や》めてもらえませんか!?

とまあ俺たちがわりと急いで帰ってきた時には、既にソルド殿下はほとんど全ての用意を整えて待っていたのだった。

アイシア殿下は失意のうちにお隠れになり、そしてその数日後。

現王が退位しソルド殿下の即位が同時に行われる式典が催されることになる。

ソルド殿下改めソルド王の即位式には、俺も参列することになった。

固辞しようとしたんだが、ここまで色々と功績を立てられるとさすがに呼ばないのはどうなのだという話になっていたらしいからな。

ソルド王の後ろには元『七師』がついているぞと見せるために、俺がふんぞり返る必要があるらしい。

といっても俺は貴族としての家名は捨てたため、あくまで参列するのは『辺境サンゴ』リーダーとして。

当たり前ながら、席次的にはドンケツもドンケツだ。

今もソルド王が壇上に立っているからなんとか見えるが、みんなの背中でソルド王の下半身は完全に見切れてしまっている。

「えーそれでは即位に際し祝いの言葉を……」

こういう式辞ってやつは、いかに仰々しく長ったらしく、威厳を保てるようにやれるかが勝負みたいなところがある。

俺は退屈なスピーチに眠りそうになりながら、限界ギリギリで眠気覚ましを使って意識を覚醒させるということを何度も繰り返しながら時間を潰す。

さっさと終われと思うものほど長く続くのだから、時間というのはつくづく不思議なものだ。

俺があくびを噛《か》み殺した回数が十を超えたあたりで、ようやく即位のためのあれやこれやが用意されていく。

基本的には王冠を被《かぶ》って終わりなんだが、その前にもやれ錫杖《しゃくじょう》だとかやれ玉座の上に座ったりだとか座ったり立ったり持ったり話したりと忙しい。

そしてようやく、王冠授与を祝う他国からの祝辞が始まった。

たしかこれが終われば、そのまま即位に移るはずだ。

見たいものが近付いてきたので目も覚めてきた。

せっかくだから即位の瞬間は見逃さないようにしようとクレボヤンスでも使うかと思っていると、隣から声がかかった。

「アルノード様、お久しぶりにございます」

「えっと……誰だっけ？」

せっかくそろそろ即位が始まろうかというこんなタイミングで……と思い首を曲げてみると、そこにはちょびひげのおっさんがいた。

灰色の脳細胞を必死になって回転させて思い出そうとしてみるが……まったく上手くいかない。

誰だっけ、このおっさん……。

襟章から察するにデザントの貴族ってことはわかるんだが……今更俺になんの用だろうか。

話を聞いてみると、どうやらデザントの第一王子派の人間らしい。

向こうでは大体の派閥争いは終わっていたはず。

第一王子であるバルド王太子とプルエラ様も、表向きは争ってはいないと聞いている。

「今回の件は、不幸な行き違いだったのです」

今回の件……というのは間違いなく、あの海戦のことを指しているのだろう。

どうやら向こうの方は、事を荒立てたりするつもりはないということを伝えに来たらしい。

バルド王太子は基本的には穏健な人だ。

対外政策にもそれほど乗り気ではなかったはず。

ということは今回の一件は王であるファラド三世が仕組んだことだ……ということを、俺に伝えてきたってわけか。

もし何か起こったとしても、それは自分の責任ではないと。

賢《さか》しらな責任逃れという気がしなくもない。

けどまぁ、王太子としてはこれくらい保身に長けていないと生き残れなかったのかもな。

というかこうやって王太子への俺の心証を良くするってところまで含めて、デザント王の絵図な気もしてくる。

とにかくデザントがリンブルとやり合うつもりはないというのなら、それでいいだろう。

あ、そうだ。

向こうがリンブルに、というか俺に対して友好的だというのなら、一つ聞いておきたいことがある。

どうせ数日したら伝わることだろうし、そんなに出し渋られることもないだろう。

「一つ聞いてもいいでしょうか？」

「はい、なんでしょうか」

「ガルシア連邦との戦争は小康状態と聞きましたが……具体的にはどうなったのでしょう？」

「……ああ、そのことですか。やはり気になりますよね、気持ちはわかります」

おっさんの態度は不自然なほどに明るい。

その浮かれている様子を見て、俺は事態が思っていたより悪いことを察した。

何もかも思い通りに進むほど、世の中甘くはないようだ。

「実はガルシア連邦のうち二国まで落としました。そう遠くないうちに、ガンドレア火山国の地をデザント兵が踏みしめることになるでしょう。連邦との戦争は既に益より損の方がはるかに多いですからね、さっさと帷幄《いあく》を畳んでしまおうということらしいですよ」

その言葉の意味を噛み締めているうちに、気付けば即位は終わってしまっていた。

ここに前王は退位し、ソルド王はリンブル国王リンドル三世として即位することになる。

ソルド王の即位によって、リンブル内でのごたごたは一応の解決を見せた。

けどアイシア殿下率いる地方分派と戦っているうちに、どうやら世界情勢は大きく動いていたらしい。

連邦とデザントの戦争が終わってしまうのは、リンブルにとって間接的な負担になる。

また、デザントが勝利してしまうようなことになれば、連邦にいる亜人たちはデザントで奴隷という資源として扱われることとなる。

戦争の赤字を埋めるため、デザントはありとあらゆる手を使って奴隷を金品に変えることになるだろう。

俺がやらなければと思っていること。

それは――トイトブルグ大森林の魔物の氾濫の原因を突き止めること。

そのために『辺境サンゴ』なしでリンブルが回るように色々と手を回し、そろそろ着手はできそうなタイミングまで来ていた。

けれどここに来て、連邦が危機となったのならまた優先順位は変わる。

間接的とはいえ、大恩あるリンブルの危機を見過ごすわけにはいかない。

それに俺は元『七師』であるがゆえに、魔道の深淵《しんえん》を覗こうとするエルフたちや魔力含有金属を精錬する亜人たちと協力関係だったこともある。

彼らがデザントに食い物にされかけているというのなら、それを助けたいと思う自分もいる。

それなら次の目的地は、決まったな。

俺たち『辺境サンゴ』は——ガルシア連邦に出向く。

そしてデザントの侵略から彼らを守るのだ。

出るのは早ければ早いほどいい。

俺は早速ソルド王に連絡を取ることにした。

ソルド王は即位式が終わり王となったことで、以前のようにアポなしで会うことはできなくなってしまっている。

けれど『通信』の魔道具さえあれば、そういった問題はないも同然だ。

俺はパパッと連絡を取り、好きにしろと言いながら苦笑するソルド王の言葉を額面通りに受け取り、好きにすることにした。

再び各地に散らばっていた『辺境サンゴ』メンバーたちに各自で向かうよう告げながら、俺たちはガルシア連邦へと向かう。

『辺境サンゴ』に本当の安穏が訪れるのは——どうやらまだまだ先のことらしい。


ガルシアは garushia の八つの頭文字を持つ国が集まってできた連邦だ。

小さな国同士がいがみ合ってまで協調する理由。

それは単に、強力な外敵がいるからに他ならない。

「もはや我らが命運も尽きようとしている、か……」

ガルシア連邦が盟主である、ガンドレア火山国。

その宗主は、人ではなくドワーフであった。

ドワーフは人よりはるかに分厚い皮膚と丈夫で強力な身体を持ち、活火山の近くでも問題なく活動をすることができる。

かつて人相手の戦争をして敗北した彼らが流れついたのが、ドワーフでなければとても住めないような火山がいくつも存在するガンドレア火山国であった。

ガンドレアに住まうドワーフたちを束ねる国の代表は、その名をゴズという。

かつては長い名を持ち、己の里に誇りを持っていたドワーフたちは、既に己の名に刻まれていた、故郷を示す語を消し去っている。

プライドがズタズタにされ、里を焼かれ、それでも逃げて逃げて、辿り着いたのがガンドレア火山国だ。

彼らは己の里を捨て、ガンドレアという一つの国を作った。

故にゴズの本名は……ゴズ・ガンドレアという。

彼は一人、椅子に座り目を閉じていた。

そして今しがた聞いた報告をゆっくりと反芻《はんすう》しながら、己の手に残されている方策のうちのどれを採るべきかを、じっくりと吟味し始める。

（もはや連邦の趨勢《すうせい》は決まったと言っていい）

彼はこの国を新たな故郷としたドワーフたちを纏め上げた豪傑だ。

今もドワーフたちは、少しでも長くデザントに対抗できるよう、北部への武器の供出を行うために鍛冶に精を出している。

けれど逃げ散った亜人がそれぞれ作り上げた小国と、それを束ねる連邦の国力は決して高くはない。

独裁を恐れ一国の代表に権力を集中させることもできずにいる彼らは、ジリジリと追い込まれ続けていた。

そしてつい先日、悲報がやってきた。

ガルシア連邦が二国――熱砂の国システナと獣の国アンドルーがデザントに落とされてしまったのだ。

無論、希望の種が全て摘まれてしまったわけではない。

その住人の大部分は未《いま》だ無事な六国に逃げ込んでおり、首脳陣もある程度は残ってくれている。

けれどももっとも外敵を排除しやすかった砂漠エリアを抜けられたことで、次の防衛ラインは氷雪エリアまで押し下げなければならない。

そしてそこを抜けられてしまえば後に残っているのは平原エリアであり、そこを更に抜かれれば――ガンドレアまで辿り着かれてしまう。

そもそもゲリラ戦を仕掛けて敵のモラルブレイクを狙って戦うのが限界な今の連邦に、反攻作戦をするだけの戦力など存在しない。

それならば彼らに残された道は——。

「最後まで抵抗し全てを焦土に変えるまで決死で戦うか、さもなくば速やかに降伏をするか……」

今後いたずらに戦い続けたとして、勝てる見込みは万に一つもない。

だが採れる見込みのある二つの選択肢は、どちらを選んでも暗く救いがない。

もし仮にデザントに降伏したとしても、決してただ地域として併合され、属国になるだけでは終わらないだろう。

戦争で死ぬことはないとはいえ、捕まった者は奴隷として酷使される。ゴズにはその未来がありありと見て取れた。

既にシステナで逃げ切れなかったダークエルフたちのうちの一部は、デザントに奴隷として輸出され始めていると聞く。

亜人差別の強いデザントでは、彼らの末路は決して幸福なものにはならないだろう。

だがジリ貧のまま戦い続け、命を磨《す》り減らしてから死んでいくよりは、その方がまだマシかもしれない。

——彼の中にある天秤《てんびん》が、降伏に傾いたその時だった。

先ほどまで誰もいなかったはずの空間に、見知らぬ人物が現れたのは。

「いきなりの無礼、失礼する」

立っていたのは、筋骨隆々の大男だった。

その姿を見てすわ暗殺者かと腰を上げたゴズは、しかしすぐに相手に敵意がないことに気付き警戒を解いた。

「俺はグリンダム・ノルシュという。『不屈』の二つ名の方が有名かもしれんな」

「ふむ……知らんな」

「そ、そうか……」

ガルシア連邦は、デザントを経由した大陸の情報というものを持ち合わせていない。

流れの商人や船乗りたちから聞き及ぶ情報は到底最新のものとは言えないものばかり。

彼らがここ最近の魔法技術発達の波に乗り遅れているのは、その地理的な、そして民族的な理由がある。

俗世に疎いゴズだが、けれど相手が一廉《ひとかど》の人物だということはすぐに理解できた。

気力感知を使えば、目の前の男には到底勝てないということが嫌でもわかってしまった。

そんな人物が、いったい何の用なのか。

彼の疑問は、すぐに解消される。

そしてそれは、新たに垂らされた救いの糸をその目に見せる。

「いいニュースが二つある。一つは長年あらゆる者たちの悩みの種であった、『七師』ウルスムスが死んだこと。そしてもう一つは……それを成し遂げた『辺境サンゴ』が、このガルシアへとやってきていることだ。——どうだ、もう少し詳しい話を聞いてみる気はないか？」

あとがき

初めましての方は初めまして……3巻で初めましての方っているんですかね？　というわけでどうも、しんこせいです。

ゴールデンウィーク、皆さんはどのように過ごされましたでしょうか？　あとがきを書いている今はまだ四月なのですが、僕の予定は既に決まっています。

——そうです、小説の執筆です。最近、どうにも時間が足りません。なぜそんなことになっているのかと言うと、空いた時間で新作を書き出すからです。

……はい、そうですね、完全に自分のせいです。

自由な時間があるとすぐ新作を書き出す自分の馬鹿さ加減には呆《あき》れてしまいますが、それくらい好きなことに巡り会えた奇跡には感謝しております。これが出ている時にはまた新作も書いているはずですので、どうかそちらも応援してやってください。

最後に謝辞を。イラストレーターのろこ様、いつもありがとうございます。自分のキャラに絵がつくのは、やはり何度見てもいいものです。セリアがかわいい！　担当のO様、いつもありがとうございます。これが出ている時には飲みに行けているでしょうか？　お会いするのが今から楽しみです。そしてこの作品を手に取っているそこのあなたに、何よりの感謝を。

今作を読んだあなたの心に何かが残せたのであれば、それに勝る喜びはございません。

OVERLAP NOVELS

宮廷魔導師、追放される 3

～無能だと追い出された最巧の魔導師は、部下を引き連れて冒険者クランを始めるようです～

発行　2024年5月25日　初版第一刷発行

著者　しんこせい

イラスト　ろこ

発行者　永田勝治

発行所　株式会社オーバーラップ
〒141-0031　東京都品川区西五反田8-1-5

校正・DTP　株式会社鷗来堂

印刷・製本　大日本印刷株式会社

ISBN　978-4-8240-0830-5 C0093

【オーバーラップ　カスタマーサポート】
電　話　03-6219-0850
受付時間　10時～18時(土日祝日をのぞく)

作品のご感想、ファンレターをお待ちしています

あて先：〒141-0031　東京都品川区西五反田8-1-5 五反田光和ビル4階　ライトノベル編集部

「しんこせい」先生係／「ろこ」先生係

スマホ、PCからWEBアンケートにご協力ください

アンケートにご協力いただいた方には、下記スペシャルコンテンツをプレゼントします。

★本書イラストの「無料壁紙」　★毎月10名様に抽選で「図書カード（1000円分）」

公式HPもしくは左記の二次元バーコードまたはURLよりアクセスしてください。

▶ **https://over-lap.co.jp/824008305**

※スマートフォンとPCからのアクセスにのみ対応しております。

※サイトへのアクセスや登録時に発生する通信費等はご負担ください。

オーバーラップノベルス公式HP ▶ **https://over-lap.co.jp/lnv/**